청어소설선 ◊ 006

사라지지 않는 것들

이용기 소설집

사라지지 않는 것들

이용기 지음

발행처	도서출판 청어
발행인	이영철
영업	이동호
홍보	천성래
기획	육재섭
편집	이설빈
디자인	이수빈	구유림
인쇄	정우인쇄

등록   1999년 5월 3일
       (제321-3210000251001999000063호)

1판 1쇄 발행 2025년 9월 30일

주소   서울특별시 서초구 남부순환로 364길 8-15 동일빌딩 2층
대표전화 02-586-0477
팩시밀리 0303-0942-0478
홈페이지 www.chungeobook.com
E-mail   ppi20@hanmail.net

ISBN   979-11-6855-386-6(03810)

이 책의 저작권은 저자와 도서출판 청어에 있습니다.
무단 전재 및 복제를 금합니다.

이 소설집은 2025년 "(재)원주문화재단 보조금 지원사업"의 지원을 받아 발간되었습니다.

사라지지 않는 것들

작가의 말

난생처음 소설집을 펴낸다는 것에 주저함이 앞섰다. 2023년 6월부터 습작을 시작해 경력이 일천한 초보 소설가였기 때문이다. 그 와중에, 2025년 초 지자체 문화재단에서 지원하는 창작기금을 신청하였는데 덜컥 선정되었다. 기금을 받고 나니 걱정이 앞섰다. 아무리 찾아봐도 습작해 놓은 작품 수가 너무 적었다.

2023년 처음으로 쓴 「장어프로젝트」를 퇴고하고, 2024년 2월 신인작품상을 받은 세 작품을 보탰다. 그리고 2024년에 끄적거리던 작품들을 손보기 시작했다. 올해에는 대학원에 입학하여 문예창작을 공부하면서 소논문, 발제문 등 과제가 많아 집필에 시간을 많이 쏟아붓지 못했다. 이번 소설집에 중편소설을 한편 넣으려고 하였으나, 작품의 완성도가 부족해 싣지 못한 점이 아쉽다.

「장어프로젝트」는 한의학이라는 소재를 바탕으로 빠른 전개와 반전으로 재미를 살리고자 노력했다. 《월간문학》 신인작품상을 수상한 「공정의 척도」는 양극화, 불공정이 심화되면 우리나라도 범죄의 온상이 될 거라는 사회적 경고를 담았다. 한국소설신인상을 받은 「사라지지 않는 것들」과 「별무늬 캐리어」는 알코올 중독자가 회복해 가는 과정을 정신병원의 서사와 함께 실감나게 담으려고 노력했다.

《서정문학》에서 소설신인상을 받은 「인플루언서 판타지」는 유튜버의 민낯을 드러내는 소설이며, 「믹스 매치」는 강아지를 의인화한 소설이다. 그리고 「반(反)인성의 싹들」은 반인성을 가진 사람을 두려워하던 주인공이 과거를 반추하며, 어른이 된 현재의 역할을 찾아가는 소설이다. 마지막 작품 「잠영하는 나무」는 코로나를 겪으며 호모루덴스로 혼자 집에서 지내는 것을 즐기던 세 여자가 다시 자기의 새로운 미래를 찾아가는 과정을 그렸다.

소설가이자 스승인 박형서교수는 AI에 대하여 다음과 같이 말한다. AI가 지식을 무한정 습득해도 지성을 갖는 데는 한계가 있을 거라고, 예술의 근원이면서 인간의 약점인 망각과 오류를 흉내내지 못할 거라고, 선입견과 편견으로 보는 창작자의 시선까지 확장하기는 어려울 거라고.

AI가 예술 장르까지 영역을 넓히고 있다. 누구도 대세인 인공지능의 물결을 막을 수 없을 것이다. 그러나, 나는 부디 인간의 가치와 존엄만은 AI에 침탈되지 않기를 바란다. 그래서 늘 예술의 혼이 살아남기를 기도한다.

지난달에 딸이 결혼했다. 부모님이 돌아가시고 난 뒤 가족의 존재는 삶의 자양분이자 살아갈 명분이다. 늦깎이로 작가의 길에 들어서 자기계발서와 소설을 쓸 수 있도록 도와주는 가족 그리고 작은 사업체를 대신 경영해주는 전문경영인 최홍석님에게 감사드린다.

2025년 9월
이용기

차례

작가의 말
004

반(反)인성의 싹들
011

공정의 척도
037

사라지지 않는 것들
063

믹스 매치
093

별무늬 캐리어
121

인플루언서 판타지
149

장어 프로젝트
175

잠영하는 나무
201

발문 | 이영철(소설가·한국소설가협회 부이사장 역임)
현실과 몽상, 숨어 있는 길 찾기
226

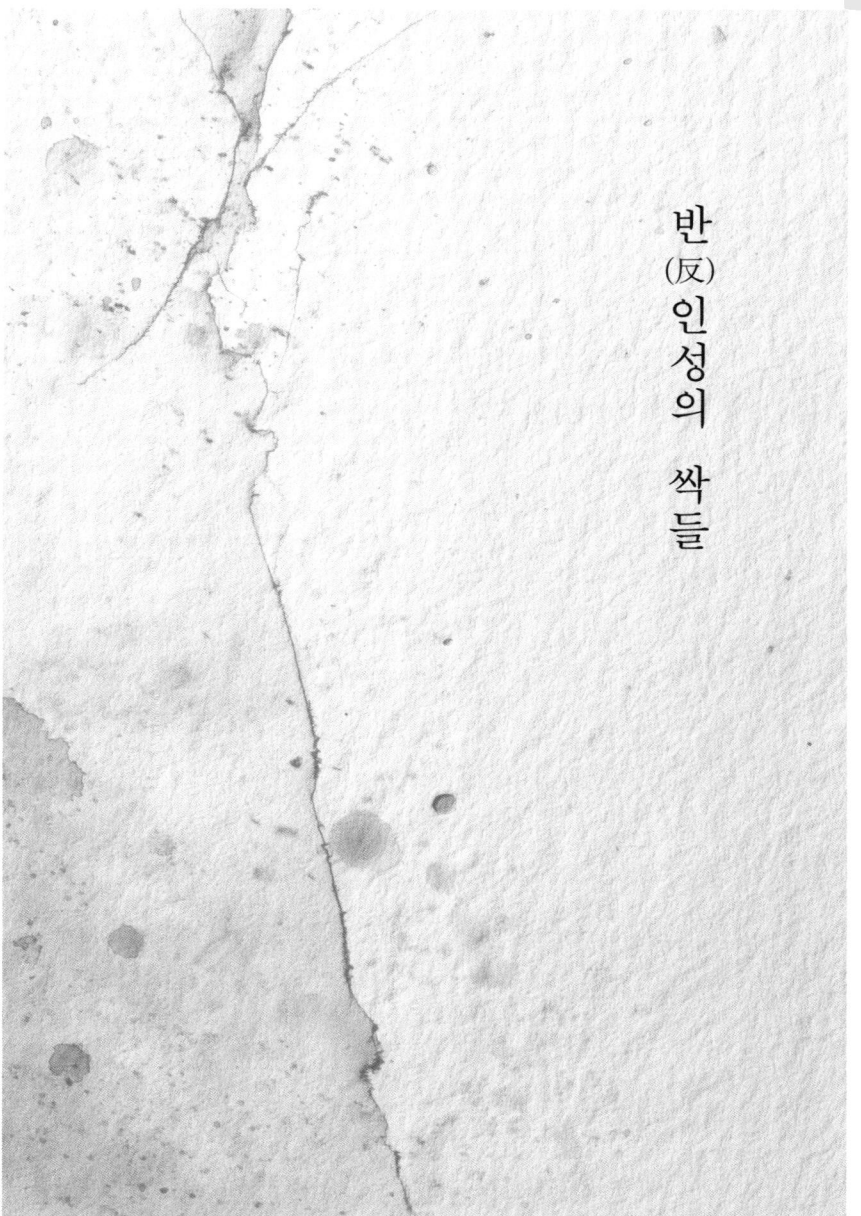

반(反)인성의 싹들

전날 밤의 흔적이 남아 있었다. 거리 위에 나뒹구는 광고 명함과 술병 그리고 토사물들이 지나가는 사람들의 눈살을 찌푸리게 했다. 날마다 이 길을 청소하는 환경미화원들도 한숨이 나올 터였다. 나 역시 그랬다. 우리 회사는 유흥업소가 많기로 소문난 신흥 도시 한복판에 있었다. 룸살롱, 나이트클럽, 모텔들이 빽빽하게 들어차 출근하는 아침마다 취객들로 시끌벅적한 이 길을 지나쳐야 했다.

여느 날과 다름없이 나는 회사가 빌려 쓰는 주차장에 차를 대고 회사로 걸어가고 있었다. 회사까지는 불과 오십 미터 남짓의 거리였다. 그사이에 이십사 시간 내내 장사하는 큰 호프집이 있었다. 호프집은 밤 장사가 끝나면 아침 장사로 이어졌다. 건너편 나이트클럽이나, 모텔에서 나온 젊은이들이 호프집 앞 파라솔에 앉아 술을 마시며 떠들어대기 일쑤였다. 그들은 종종 고함을 치며 싸움을 벌이곤 했다.

오늘도 나는 호프집 앞을 지나가다 차마 외면하기 힘든 광경을 보았다. 파라솔 뒤쪽에서 술에 취한 이십 대 초반의 남자가 여자를 무자비하게 폭행하고 있었던 것이다. 주먹으로 얼굴을 때리고, 발길질도 서슴지 않았다. 나는 굳이 남의 일에 끼어들 필요가 있을까, 하고 망설이는 마음도 있었지만, 주먹으로 얼굴을 맞은 여자가 넘어지면서 조명등 쇠기둥에 머리를 부딪히자 반사적으로 그들에게 다가갔다. 여자는 이미 얼굴 여러 곳에 피가 엉겨붙어있었다. 술병에 맞았는지, 주먹에 맞았는지 관자놀이 부분은 심하게 부풀어 올라 있었다. 목에도, 손에도 온통 긁히고 파인 상처가 보였다. 한마디로 당장 응급실로 실려 가야 할 상태 같았다. 그런데도 남자는 폭행을 멈추지 않았다.

야외 테이블에서 술을 마시는 젊은이들은 눈이 풀려 정신이 없거나, 남의 일에 무관심했다. 호프집 직원도, 주인도 보이지 않았다. 나는 주변을 살폈다. 마침, 같은 회사에 다니는 최 팀장이 이쪽으로 걸어오고 있었다. "최 팀장! 빨리 와. 싸움 말리자! 큰일 나겠어." 최 팀장이 "네." 하고 대답하며 뛰어왔다. 우리는 여자를 폭행하는 남자의 상체를 잡아 여자에게서 떼어냈다. 나는 남자에게 이러면 안 된다고, 이건 범죄라고 목소리를 높였다. 그런데도 남자는 주먹과 발을 여자 쪽으로 내지르며 버둥거렸다.

남자는 덩치가 컸지만, 제대로 힘을 쓰지 못할 만큼 술에 취해 비틀거렸다. 최 팀장이 거들자, 어렵지 않게 여자에게서 떼어낼 수 있었다. 남자는 이미 제정신이 아니었다. 그만두라는, 멈추지 않으면 신고한다는 나의 경고에도 몸을 흐느적거리며 허공에 주먹을 날리고 발길질을 해댔다. 그러면서 말리는 나와 최 팀장을 향해 욕을 했다. "이거 놔! 씨팔! 놓으라고!"

나와 최 팀장은 여자로부터 남자를 멀찍이 떼어냈다. 그제야 호프집 주인이 밖으로 나오는 게 보였다. 나는 주인에게 "사장님! 112에 신고하시지요!" 하고 외쳤다. 그러는 사이, 이해할 수 없는 일이 벌어졌다. 조금 전까지 맞고 있었던 젊은 여자가 내 옷자락을 잡으며 말했다. "아저씨! 괜찮아요. 제발 그냥 가 주세요!" 젊은 여자는 피가 흘러내리는 모습으로 몸을 떨고 있었다. 그러면서 기도하듯 손을 모으고 나를 보았다. 신고하지 말아 달라는 눈빛으로. 나는 여자가 겁에 질려 있다는 것을 짐작할 수 있었다.

그제야, 호프집 주인이 어깨 위로 휴대폰을 흔들며 나에게 다가왔다. 호프집 사장은 신고할 것인지, 말 것인지 결정하지 못하고 머뭇거렸다. 장사하는 입장에서 주인은 사건에 휘말려봤자 귀찮은 데다 고객을 잃을지도 모른다고 생각할 수 있었다. "신고할까요?" 주인의 말에 나는 양 손목을 붙여 X자 모양으로 만들어 보이며 말했다. "신고하지 마시지요. 오히려 봉변당하겠어요."

반(反)인성의 싹들

어쨌든, 나는 마음이 편치 않았다. 습관대로 양손을 바지 주머니에 찔러 넣었다. 그러곤 바로 당혹감에 빠져들었다. 주머니에 아무것도 들어있지 않았던 것이다. 늘 부적처럼 넣고 다니는 물건이 없었던 것이다. 나는 두꺼운 옷을 입는 계절에는 나무로 된 캐스터네츠를, 여름철에는 염주 모양의 구슬이 달린 팔찌를 주머니에 넣고 다녔다. 신변에 위협을 느끼거나 뭔가 불편한 상황이 생기면 손을 바지 주머니에 넣어 캐스터네츠를 오므리며 딱딱거리거나, 팔찌 구슬을 하나씩 돌리며 매만지곤 했다. 이런 행동은 고등학생 시절부터의 습관이었다. 그러면 불안이 줄어 답답했던 숨을 돌리며 차분하게 대처할 수 있었다. 그랬는데, 하필이면 오늘따라 어제 입었던 바지에 넣어둔 캐스터네츠를 챙기지 않고 출근한 거였다. 나는 그 자리를 빨리 벗어나야겠다고 생각했다. 최 팀장을 향해 "어이가 없네. 출근합시다!" 하고 말했다. 회사를 향해 걸어가면서도 중얼거렸다. "모른 체 하고 출근할걸, 나이가 들면서 오지랖이 늘었어." 어린 시절에는 싸우는 모습을 보면 무서워서 도망쳤었는데, 예순 살이 되면서 세상일에 끼어드는 일이 많았다. 젊은 사람들 말대로 꼰대가 되어 가는지도 모를 일이었다.

나는 지난주 토요일에 고등학교 개교 백 주년 행사에 참석했었다. 도청 뒤에 있는 체육관에 사천 명의 동문이 모였고, 함께 졸업한 같은 기수 동기들도 백 명 넘게 참석했다. 오전에는 개회식과 1부 행사가, 식사를 마친 뒤에는 2부 행사가 진행되었다. 대규모의 인원이 참석해 조를 나눠 뷔페식으로 식사를 했고, 우리 동기들은 두 번째 조로 정오부터 사십 분 동안 점심을 먹게 되었다. 나는 식사시간에 맞춰 체육관 밖 복도로 나섰다.

그리고 얼마 지나지 않아 뒤편에서 들려오는 소리를 들었다. "풍년아! 초밥은 어느 쪽에 있냐?" 그 가래 끓는 목소리를 듣자마자 섬뜩했다. 저세호였다. 저세호가 부른 풍년은 고등학교에 다니는 내내 짝꿍하던 친구였는데, 늘 도시락에 반찬 없이 밥만 꾹꾹 눌러 싸 와서 친구들에게 반찬을 얻어먹던 넉살 좋은 친구였다. '풍년밥솥'을 많이 사용하던 그 시절, 밥만 싸 온다는 이유로 그에게 '풍년'이라는 별명이 붙었다.

어쨌든, 사십 년이 넘었어도 술에 취했을 때 나오는 저세호의 탁한 쇳소리를 나는 생생히 기억하고 있었다. 소름이 돋고 손이 떨리기 시작했다. 겁이 나서 다리에 힘이 빠졌다. 오랜 시간이 지났어도 변함없이 그 당시 기억으로 돌아가 두려움에 휩싸이고 말았던 것이다.

나는 반사적으로 겁에 질리는 나약한 자신이 부끄러웠다. 예순 살이 되었는데도 새가슴이었던 십 대의 공포심이 남아있다는 사실이 한심할 따름이었다. 아직도 이따위 감정에 휘둘리고 있다니, 나는 두려움을 떨쳐버리기 위해 애써 중얼거렸다. "네놈도 왔구나!" 그러곤 눈앞에 보이는 음식을 대충 담아 황급히 체육관 안으로 되돌아갔다. 그리고 삼 학년 때, 같은 반이었던 친구들과 밥을 먹으면서도 머릿속은 온통 그와의 지난날에 대한 기억에 시달렸다. 밥을 먹는 내내 가슴이 두근거렸다. 음식을 먹기보다는 입안 가득 욱여넣고 기계처럼 씹어댔다. 역시 자동적으로 한 손을 바지 주머니에 넣고 캐스터네츠를 만지작거리고 있었다.

어느 정도 안정이 된 뒤에야, 나는 과일 후식을 담으러 복도로 나갔다. 그리고 그와 마주쳤다. 이번에는 정면으로 보게 되어 피할 수 없었다. 저세호는 "인마! 언제 왔냐?" 하고 크게 웃으며 말을 걸어왔다. 숨이 막혔다. 그의 눈을 마주 보는 게 겁이 나 눈꺼풀이 미세하게 떨릴 정도였다. 나는 머뭇거리다 멍청이 같은 대답을 하고 말았다. "응. 좀 전에." 행사에 오기 전만 해도, 저세호와 마주친다면 그를 투명 인간 취급하거나, 내가 먼저 말을 걸어 대인배처럼 행동하려고 다짐했건만 마음대로 되지 않았다. 세월이 한참 지났는데도, 나는 그를 보자마자 위압감을 느꼈고 자동으로 제압당하고 말았던 것이다.

사실, 나는 중국 고전《서유기》에 저팔계라는 인물이 나오는데도 그를 만날 때까지 '저씨'라는 성이 있는지도 몰랐다. 그런데 고등학교에 입학하자 같은 학년에 저세호라는 이름의 그가 있어 신기했었다. 그는 야구선수였고, 전교생이 모두 알 정도로 야구를 잘했다. 반면, 나는 내세울 것이 없는 학생이었다. 당시 나는 학교 근처에서 자취를 하고 있었다. 학교에서 이십 킬로미터 떨어진 작은 읍에 본가가 있었지만, 어머니는 버스 타는 시간까지 아껴 공부하라고, 학교 근처에 자취방을 얻어 주었다. 자취방은 대문을 열면 바로 보이는 본채와 꽤 떨어져 있었다. 대문 왼쪽으로 들어가면 세를 놓기 위해 지은 별채가 있었는데, 내 방은 다닥다닥 붙은 단칸방 중에서 세 번째였다. 단칸방마다 쪽문을 열면 작은 부엌이 있고, 다시 작은 문을 열어야 방이었다.

내 방 왼쪽에는 봉제공장에, 오른쪽에는 전화기를 만드는 공장에 다니는 누나가 세를 살았었다. 누나들과는 가끔 반찬을 챙겨줄 정도로 친하게 지냈다. 그러나 밤낮으로 교대하는 경우가 많았고, 특근 수당을 받으려고 시간 외 근무를 신청하여 집을 비우는 날이 많아서 주말이나 공휴일이 아니면 서로 얼굴을 마주치기 쉽지 않았다. 주인집 가족이 사는 본채는 마당을 사이에 두고 동떨어져 있어 양쪽 다 웬만한 소음은 들리지 않았다.

저세호는 그런 나의 자취방 환경을 이용해, 고등학교 이학 년 때 반년 정도 나에게 폭력을 가했다. 나는 저세호와 같은 반이었던 적도 없었다. 나는 문과, 그는 이과로 갈라져 같은 반이 될 수 없었다. 고등학교에 들어갔을 때, 그의 성이 특이해 복도를 지나치면서 명찰을 흘끔 쳐다본 게 전부였다. 야구부였던 저세호 또한 나를 주목할 아무런 이유가 없었다. 그런데 우연히 그와 악연으로 엮이게 되었다. 한 여학생을 두고 벌어진 일이 빌미가 되었던 것이다.

  우리 학교에서 멀지 않은 곳에 J여고가 있었다. 그 학교 학생 중, 우리와 같은 학년에 '줄리엣 트리오'로 불리는 세 명이 있었다. 영화 '로미오와 줄리엣'에 나오는 배우 '올리비아 핫세'처럼 예쁘다고 소문이 나 있었던 세 명이었다. 그중 한 명은 우리 학교 전교 부회장과 사귀었고, 또 다른 한 명은 J여고 교감선생의 딸이라 남학생 누구도 감히 접근하지 못했다. 그런데 나머지 한 명이었던 유선이 나를 좋아했다. 어쩌면, 내가 쓴 시를 좋아해서 유선이 나를 좋아하게 되었을 거였다. J여고 문예반이었던 유선은 시내에 있는 문화원 화랑에서 우리 학교 문예반 시화전이 열리면, 내 시가 걸린 액자 옆에 카네이션을 걸어 놓았다. 교문 앞에서 하교하는 나를 기다렸다가 함께 시내에 있는 제과점에 간 적도 있었다. 친구들은 유선과 시간을 보내는 나를 무척 부러워했다. 그런데 저세호가 유선을 짝사랑하고 있었던 것이다.

  저세호는 한일 고교야구 국가대표로 선발될 정도로 야구를 잘했다. 야구부 스카우트 담당 교사가 인근 도시의 중학교에서 그를 데려오려고 꽤 공을 들였다는 소문이 나 있었다. 그는 운동선수답게 체격이 컸지만, 체육 이외의 교과 성적은 엉망이었다. 그래도 운동을 잘하는 저세호를 따르는 여학생 팬들이 많았다. 그러나 유선은 저세호에게 관심이 없었다. 저세호가 유선의 집 앞까지 따라가 사귀자고 하자, 유선은 이미 나와 사귀고 있다고, 귀찮게 하지 말아 달라고 단호하게 대했다. 저세호는 그로인해 내 이름을 알게 되었고, 자신의 잔심부름을 도맡아 하는 풍년에게 나를 불러오라고 시켰다.

오전 수업 첫 교시를 마치고 화장실에 가려고 복도로 나가는데 풍년이 나를 불러 세웠다. 풍년은 나에게 점심시간에 야구부 용품 창고로 가보라고 했다. 저세호가 기다리고 있을 거라고. 나는 이유를 짐작하지 못했다. 그때까지 저세호가 유선을 마음에 두고 있다는 사실을 알지 못했었다. 나는 오전 수업을 제대로 들을 수 없었다. 두려웠다. 덩치 좋고 싸움도 잘하는 운동선수가 왜 나를 후미진 창고로 부르는지 알 수 없어 예감이 좋지 않았다. 나를 때리려고 부르는 게 아니라면 굳이 창고로 부를 이유가 없을 거라는 생각이 들자 더욱 불안했다.

수업 시간 내내 큰북이 울리듯 심장이 쿵쾅댔다. 나는 엄지와 집게손가락으로 코끝을 잡고 조물거렸다. 그런 행위는 긴장했을 때 무의식적으로 나오는 버릇이었다. 그뿐이 아니었다. 번갈아 가며 한쪽 다리를 아래위로 떨고 있었다. 그러자 옆에 앉은 짝이 내 무릎에 손을 얹으며 고개를 저었다. 그러곤 쪽지를 건네 무슨 일이 있느냐고 물었다. 나는 노트에 대답을 적어 보여주었다. 짝은 큰일이라며 일단 도망치든지, 담임선생님에게 말하라고 쪽지를 건네 왔다. 안절부절못하고 있던 나는 결정을 내리지 못했다. 도망치고 싶었지만 그런다고 해결될 일이 아니었다. 도망쳤다가 일이 더 커질지도 모른다는 막연한 생각도 들었다.

점심시간에 교실을 나서 창고가 있는 건물로 가기까지 시야는 온통 잿빛으로 느껴졌다. 고개를 들어보니 실제로 하늘에 먹구름이 몰려오고 있었다. 오후 늦게 비가 온다는 일기예보가 맞아떨어질 것 같았다. 조심스럽게 창고 철문을 열자 침침한 백열전구 불빛 아래에 있는 의자에 저세호가 앉아 있었다. 그는 습관인 듯 오른손에 쥔 야구공을 왼손에 낀 글러브에 계속 던졌다 꺼냈다를 반복하고 있었다. 나는 그가 예고 없이 나에게 딱딱한 야구공을 던질까 봐 긴장되었다.

"너구나! 여기 앉아." 저세호는 웃음을 지은 채, 커버가 까지고 속에 들어있던 스펀지가 겉으로 삐져나온 낡은 접이식 의자를 손으로 가리켰다. 그러곤 "너! 제법 생겼구나. 그래도 긴말은 필요 없겠지?" 하고 다짜고짜 말했다. 유선이 자신의 이상형이고, 자신이 많이 좋아한다고. 유선과 헤어지지 않으면 가만두지 않겠다고, 두고 보면 자기 말이 진짜인지 아닌지 알게 될 거라고. 나는 그제야 저세호가 나를 부른 이유를 알게 되었다. 그랬어도, 그 자리에서 유선과 헤어지겠다고 말하지 않았다. 저세호가 무서워 유선과 헤어진다면 유선이 비웃을 것이고, 나 자신도 비참해질 것이었다. 그렇다면 용기를 내서 유선과 헤어질 수 없는 이유를 조리 있게 말해야 했지만, 그러지도 못했다. 말했다가는 그 자리에서 두들겨 맞을 것 같았다. 의자에 앉아 있던 나는 저세호를 마주보기 무서웠다. 다리를 꼬고 있는 저세호를 보는 것도 두려웠지만, 밀폐된 창고에 둘만 있다는 사실이 더 공포심을 느끼게 했다. 볼품없는 체구로 별명이 '조선갈비'인 나는 저세호의 주먹질 한 번이면 나가떨어질 게 뻔했다. 나는 무릎을 붙이고 그를 정면으로 응시하지 못한 채 대답했다. 며칠, 생각할 시간을 달라고.

  그날 뒤에도 나는 아무런 결정을 내리지 못했다. 유선과 대화를 해볼까, 생각해 봤지만 무서워서 벌벌 떠는 모습을 보이기 싫었다. 그러는 사이 일주일이 훌쩍 지나갔다. 그러던 어느 날, 집주소를 어떻게 알았는지 저세호가 다른 학교에 다니는 친구 둘을 데리고 내 자취방으로 찾아왔다. 세 명은 술에 취해 있었다. 그들은 신발을 신은 채 방으로 들이닥쳤다. 저세호는 다짜고짜 나에게 주먹을 날렸다. 그러면서 헤어지지 않으면 가만두지 않겠다고 했지? 하고 소리쳤다. 나는 맞으면서도 유선이 나를 아주 좋아한다고, 무슨 일이 있어도 헤어지지 않기로 서로 맹세했다고 외쳤다. 그래봤자, 아무 소용이 없었다. 두 번째, 세 번째 주먹이 연달아 날아왔다. 대답할 때마다 더 많은 매를 부를 뿐이었다.

술에 취해 눈동자가 반쯤 돌아간 저세호는 나를 때리고 발로 짓밟기 시작했다. 저세호가 그렇게 하자, 이름도 모르는 나머지 두 명도 함께 가세했다. 저세호는 내 가슴에 주먹을 꽂고 아랫배를 발바닥으로 밀어댔다. 나는 묵직한 발바닥 무게에 밀려나 벽에 부딪힌 뒤 고꾸라졌다. 낚시 바늘에 아가미가 걸려 파닥대는 물고기처럼 바닥에 엎어졌다 기었다를 반복했다.

그러면서도 나는 넘어진 상태에서 얼굴을 보호하려고 상체를 둥글게 말았다. 그 와중에도 나는 다음 날 학교에서 친구들이 멍든 얼굴을 보고 비웃지 않을까 걱정하고 있었다. 혹여 주먹에 맞아 앞니라도 부러지면 사람들 앞에 나서지 못할 게 뻔했다. 주말에 집에 갔다가 어머니에게 추궁받을 수도 있었다. 나는 맞으면서도 남들과 어머니에게 들키지 않으려고 애쓰는 자신이 비참했다. 그런 심정으로 한동안 그들의 발길질에 꼬꾸라지고 방바닥을 굴러다녔다. 금세 피투성이가 되었다. 코피가 나고, 목에 긁힌 상처가 생겼다. 속살은 멍이 들었고, 무릎과 정강이가 아파서 똑바로 서 있기도 힘들었다. 벽에 등을 붙여도 몸이 마구 흔들려 서 있을 수도 없었다.

"나한테 왜 이러는 거야? 이러지 마, 그만해, 제발…" 애걸에 가까운 말을 두서없이 중얼거렸다. 나는 바랐다. 비가 내리고 번개가 쳐서 그들이 등교준비를 하기 위해서 서둘러 집으로 돌아가길. 그게 아니면, 옆방 누나가 '짠' 하고 나타나 구해주길. 그러나 아무리 기원을 해도, 온갖 구원의 시나리오를 마음속으로 찾아보아도 아무 소용도, 어떤 기적도 일어나지 않았다.

아무리 생각해 봐도, 유선과 사귀는 것 때문에 저세호에게 맞아야 하는 이유를 알 수 없었다. 저세호가 도대체 뭔데 나를 조종하려는 건지, 그리고 유선을 자기 것으로 생각하는 것인지, 이런저런 생각이 떠올랐지만 나는 조목조목 따지지도, 어떤 말도 못 했다. 어느 순간엔 그냥 유선과 사귀는 것을 포기하겠다고 말할까, 하는 마음도, 한편으로는 끝까지 버텨 유선을 빼앗기지 않겠다는 승부 근성이 생기기도 했다. 아무튼 여러 감정이 혼재되어 머릿속이 어지러웠다.

그들의 괴롭힘은 꽤 오래 지속되었다. 한번 시작된 자취방 난입은 날이 갈수록 심해졌다. 한 달에 한 번쯤이다가 일주일에 한 번, 어떨 때는 술에 취해 새벽 두 시에 찾아오는 일도 있었다. 나는 언제 그들이 들이닥칠지 몰라 항상 두려움에 떨었고 자괴감에 시달렸다. 형광등을 끄고 양초를 켜서 방에 사람이 없는 것처럼 꾸미기도 했다. 그리고 어느 날부터는 초조함 때문인지 캐스터네츠를 손에 들고 딱딱거리기 시작했다. 책상에 앉아 공부하면서도 캐스터네츠를 만지작거리면, 왠지 조금씩 마음이 안정되었다. 캐스터네츠는 열일곱 살 생일을 맞은 날, 유선이 나에게 선물을 한 거였다. 유선은 선물로 기타를 사주려고 했지만, 나는 캐스터네츠를 사달라고 했다. 만약 기타를 받는다면, 유선은 용돈 없이 한두 달을 견뎌야 할지도 모른다고 미루어 짐작했던 것이다.

저세호의 두 번째 구타는 뭔가 다른 느낌이 들었다. 술에 취해 비틀거리는 동작은 비슷했지만 내내 웃고 있었다. 게다가 복서가 샌드백을 치듯 손을 어깨에 올리고 건들거리며 나를 때렸다. 어쨌든, 그는 내가 절대 반항할 수 없다고 확신하고 있는 것 같았다. 그랬다. 나는 그에게 저항하지도, 맞서지도 못했다. 히죽대는 그의 웃음소리와 술에 취해 탁해진 목소리를 들으며 그저 방바닥을 기고, 벽에 부딪혔다 고꾸라졌다. 그렇게 두들겨 맞다 보면 십 분도 되지 않아 몸에 힘이 빠지고 정신이 혼미해졌다.

나는 학교 선생님은 물론, 주인집 아저씨 그리고 어머니에게도 이런 사실을 털어놓지 못했다. 저세호와 친구들로부터 보복을 불러올 수 있다는 공포심이 컸다. 한편으론 이 사건이 밝혀진다고 해도 별다른 방법이 없을 거 같았다. 나는 입이 싼 사람, 겁이 많은 사람, 맞아도 덤비지 못하는 나약한 사람으로 낙인찍힐 것이었다. 반면, 나와 비교해 저세호는 잃을 것이 적었다. 그는 운동 잘하는 선수라 다른 학교로 전학을 갈 수 있었고, 전학을 가고도 나를 때리러 오면 그만이었다. 그는 나를 때릴 때도 웃으며 말했다. 자신은 퇴학을 당하더라도 다른 학교에서 바로 스카우트할 거라고. 그랬다. 그는 전국에서 인정받는 외야수이자 강타자로 야구계의 특별한 관심을 받고 있었고, 교사들은 물론 학생들도 그의 운동 실력을 우러러보고 있었다. 학교에서도 늘 화제의 중심이었기에 나와는 위치가 달랐다.

나는 속으로만 그를 욕했다. '사이코 새끼!' 그리고 운동장이든, 복도든, 화장실이든 그와 마주칠 때마다 못 본 척 무표정하게 지나치려고 노력했다. 그는 학교에서 나와 마주치면 대부분 무심하게 지나쳤다. 그러다가 간혹 "야! 조선갈비!" 하고 별명을 불렀는데, 그런 날은 그가 정말로 심심하다는 증거였다. 그에게는 나보다 더 만만한 대상이 많았다. 야구 실력이 형편없고, 수비 에러를 연발하는 후배 선수들이 많았던 것이다. 그는 대놓고 후배들을 운동장에 세워 얼차려를 시켰다. 그런데도 삼 학년 주장이나 감독, 체육 교사는 그의 행동을 못 본 체했다.

저세호의 그릇된 행동은 이뿐이 아니었다. 동계훈련 합숙기간에 술을 먹고 후배들을 폭행했다. 후배 한 명이 구타를 당해 선수 생활을 그만둬야 하는 부상을 당했다. 알루미늄 야구방망이로 허벅지와 종아리를 맞다 발목에 부상을 당한 것이었다. 이 사건은 지역 신문에 보도되었다. 다친 후배 야구부원의 아버지는 시청 공무원이었다. 화가 난 후배의 아버지는 합의하지 않고, 중앙 언론에 공개하여 문제로 삼겠다고 했다. 교장선생님의 집요한 설득과 중재로 대외적으로 크게 알려지지 않고 마무리되었지만, 저세호는 이 사건으로 한 달간 정학당하는 징계를 받았다. 저세호는 본인의 잘못을 학교에서 가볍게 처리해 주자 징계를 받아들이고 후배 선수들 폭행을 자제했다. 그 뒤에 후배들에 대한 저세호의 폭행이 더 있었는지 모르겠지만, 문제가 불거진 사건은 없었다.

나는 유선을 만나 얘기를 나누는 것이 좋았기에, 서로가 공부에 방해되지 않을 정도에서 만남을 이어갔다. 지금은 건물이 들어섰지만, 당시 자취방 뒷마을은 논과 밭뿐이었던 전형적인 시골 마을이었다. 우리는 밤에 논둑길을 걸으며 시를 논하고 세상의 부조리한 면을 떠들었다. 우리는 서로를 응원하고 맛있는 음식을 양보했다. 나는 유선의 말이라면 거의 따지지 않고 고개를 끄덕이며 동의했고, 유선은 언제나 자기편이 되어 주는 나를 향해 활짝 웃었다. 우리 둘은 탈이 나지 않게 사귀려고 노력했다. 그녀가 나의 자취방에 온 적도 있었지만, 우리는 상대가 원하지 않는 행동을 하지 않았다. 손을 잡고 입을 맞춘 적은 있었지만 거기까지가 다였다. 유선도 내가 입을 맞추면 받아주는 정도였지 먼저 나를 만지거나 끌어안지 않았다.

저세호에게 폭행을 당할 때도 나는 유선에게 말하지 않고 감췄다. 얼굴에 멍을 남기지 않으려고 손을 들어 얼굴을 가리면서 맞으려고 했고, 목에 긁힌 상처는 폴라티를 입어서라도 보이지 않게 하려고 노력했다. 동급생에게 맞고 다니는 약한 사람이라는 걸 들키기 싫었다.

다행인 것은 고등학교 이 학년 겨울방학이 다가오면서 저세호가 폭행을 멈췄다는 거였다. 그때쯤 나도 자취를 그만두려고 마음먹고 있었다. 좋은 대학에 가야 저세호가 넘볼 수 없는 세상으로 들어설 수 있을 거로 생각했다. 그래서 어머니를 졸라 하숙을 하기로 했다. 그 무렵, 무슨 이유인지 저세호는 나를 때리는데 흥미를 잃어가고 있었다. 마지막으로 두들겨 맞던 날, 비가 세차게 내렸었다. 그는 소주를 병째로 들이켜며 나에게 말했다. 그동안 미안했다고, 처음에는 질투심 때문이었다고, 그러다가 습관이 되었다고. 나는 말 몇 마디로 범죄와 다름없는 행위를 덮으려는 그가 용서되지 않았다. 사과하는 날까지 폭력을 일삼으며 술에 취해 건성으로 말하는 그가 미웠다. 사과하는 말투에서도 진심이 느껴지지 않았다.

그런데도, 나는 화를 내지 못했다. 아니, 어떤 대응도 할 수 없었다. 입시생이 되는 삼 학년을 앞두고 문제 삼기 싫었다. 어쩌면 그때까지도 두려움이 앞섰기 때문일 수도. 저세호와 함께 나를 폭행했던 두 녀석 또한 폭로할 엄두가 나지 않았다. 두 녀석은 시내 고등학교 연합 폭력서클에 소속되어 있었기에 저세호 보다 더 공포의 대상이었던 것이다. 나는 시내 번화가를 지날 때마다 그들을 만날까 두려움이 앞섰고 그들의 이름을 떠올리기만 해도 가슴이 조여드는 느낌을 받았다.

자취방을 빼고 방학을 맞으면서 저세호를 만나는 일이 뜸해졌다. 간혹 학교에서 마주쳤지만, 녀석 역시 체육특기생으로 대학에 진학해야 할 시기라 바쁘게 지내는 것 같았다. 전국대회에서 4강에 들어야 서울에 있는 대학에 특기생으로 갈 수 있었다. 그의 실력이라면, 대학에 가지 않고 지명을 받아 프로리그로 갈 수 있었는데도, 그는 대학에 진학하는 걸 선택했다. 그해가 한국 프로야구가 출범한 첫해라 선수들이 프로야구보다 대학에 가는 것을 우선시하는 경향도 있었다. 집이 부유해서 프로가 아닌 대학에 간다는 둥, 군 면제를 받기 위해 아시안게임 국가대표를 노린다는 둥 이런저런 소문이 나기도 했었다.

대학을 마치고 프로에 데뷔한 저세호는 많은 팬을 보유한 선수가 되었다. 국가대표는 물론, 외야수 골든글러브상을 여러 차례 수상했고, 타격왕에 오르기도 했다. 어깨 부상을 당해 삼십 대 중반에 은퇴했지만, 은퇴한 뒤에도 스포츠 방송 채널의 야구 경기 해설자로 활동했다. 브라운관을 통해 오랜만에 그를 보게 된 나는 깜짝 놀랐다. 그가 이렇게 말을 잘 했었나? 자기보다 약한 사람을 함부로 대하는 반인성(反人性)적인 인간이 어떻게? 하는 생각에 어이가 없었다. 질투심이 올라왔다. 언론에 알려서 그의 인생을 나락으로 떨어뜨리고 싶었다. 하지만, 내가 피해자로 드러나 남들에게 주목받는다고 생각하니 두렵기도, 창피하기도 했다. 결국 그때도 나는 아무런 저항도 하지 못하고 말았다.

그러나 나는 언제부터인가 이런 생각을 했다. 그를 대하는 나의 모습이 온당하지 못했다고. 한때, 저세호는 모교 감독으로 부임하기도 했었다. 야구기술을 가르치는 실력이 좋은지 팀을 전국대회 결승에 오르게 했다. 그러나 그는 감독으로 있던 기간에 사건을 일으켰다. '지도'라는 명목으로 상습적으로 선수들을 때려 학부모들이 감독직 해임을 요구하는 일이 있었던 것이다. 별수 없이 교장은 그를 면직시켰다. 그런데 몇 개월이 지나자, 사건이 사람들에게 잊혀졌다. 그는 곧 다른 스포츠채널 해설자로 복귀하여 지금까지 활동하고 있었다. 저세호는 나와 후배들 그리고 제자에게까지 상습적으로 폭행을 일삼았던 인물이었다. 그런 그가 성공적인 삶을 누리고 있다는 것은 옳지 않았다. 결국 나부터 그에게 맞섰어야 했다는 결론에 이르렀다. 그랬더라면 애꿎은 후배나 제자들까지 폭행이 이어지지 않았을지도 몰랐다.

  나는 맞서지 못하고 폭행을 묵인했던 나 자신이 부끄러웠다. 캐스터네츠를 사십 년 넘게 부적처럼 몸에 지니고 있었다는 것도 창피한 일이었다. 캐스터네츠는 두근거리는 심장을 가라앉히는 역할을 해주었다. 무서운 상황에 부딪혔을 때도, 시간이 빨리 흘러가기를 바라며 조급해 할 때에도 손아귀에 넣고 딱딱거리며 긴장을 푸는 소중한 물건이었다. 그에게 당당하게 맞서거나 그의 잘못을 알리지 못하는 사이 그의 반인성의 싹은 움을 트고 가지를 뻗어 열매를 맺었던 것이다. 그의 폭행을 멈추게 했다면 후배나 제자들에 대한 폭행이 일어나지 않았을 거였다.

*

어느덧 퇴근 시간이었다. 나는 아침에 보았던 폭행 사건이 떠올라 종일 기분이 좋지 않았다. 아침 일을 외면하지 않고 경찰서에 신고해야 했다는 후회를 하며 사무실을 나섰다. 아침에 걸었던 거리로 들어섰다. 호프집 앞에는 직원들이 저녁 손님을 받으려고 음악을 크게 틀어놓고 청소를 하고 있었다. 건너편 나이트클럽 입구에서는 웨이터들이 낮에 주차장에 차를 댄 사람들에게 전화를 걸어 차를 빼라고 목소리를 높이고 있었다. 그 앞을 오토바이를 탄 사람들이 광고 명함을 던지며 쏜살같이 지나쳐 갔다. 나는 폭행이 일어났던 파라솔을 향해 걸어갔다.

그리고 호프집으로 들어가 주인에게 아침 일이 어떻게 마무리되었는지 물어보았다. 주인은 언제 싸웠냐는 듯, 둘이 화해하더니 손잡고 돌아갔다고, 요즘 젊은 사람들이 무슨 생각으로 사는지 모르겠다고 너스레를 떨었다. 씁쓸한 기분이 들었다. 폭행은 눈감으면 안 되는 명백한 범죄였다. 나는 신고하지 않은 것을 후회했다. 후회하는 마음에 이런저런 과거의 감정이 치렁치렁 매달려 있는 것 같았다. 다리에 힘이 빠졌다. 어디든 앉아서 쉬고 싶어졌다.

주차장 뒤편에 있는 공원으로 걸어갔다. 아침의 일을 생각해 볼 필요가 있었다. 점점 어두워지는 시간이었지만 유흥업소 네온 사인 불빛이 하나둘 들어와 주변이 환했다. 공원은 한산했다. 비어 있는 벤치에 앉아 담배에 불을 붙였다. 그러고는 위를 올려다보았다. 낮부터 찌푸렸던 하늘 군데군데 먹구름이 보였다. 오전에 비가 올 거라는 재난문자메시지가 왔었던 게 생각났다. 두 손을 깍지 끼어 뒤통수에 대고 담배 연기를 뿜어냈다. 담배 연기가 머리 위에서 뒤섞여 먹구름을 향해 흩어졌다. 나는 지그시 눈을 감았다. 언제인가 강연회에서 들었던 말이 생각났다. 두려움과 분노는 한 끗 차이라고, 산에서 멧돼지를 만나면 두 가지 방법이 있다고, 도망치거나 맞서 싸우는 방법이. 이제는 어엿한 어른인데도 어렸을 때의 기억을 떠올리며 폭력을 두려워하고 있다니, 더 이상 그럴 필요가 없는데도 여전히 저세호를 두려워하고 있다는 사실이 한없이 부끄러웠다. 지난 세월의 나를 오롯이 비웃고 싶었다.

나는 "아아!" 함성이 아닌 신음 같은 소리로 스스로를 질책했다. 기억과 씨름하며 그 파편의 조각들을 자빠뜨렸다. 그리고 넘어지기를 거듭했다. 두 대의 담배를 연거푸 피운 다음에야 어렴풋이나마 산다는 것의 의미를 깨달을 수 있었다. 새롭게 산다는 의미도.

주차장으로 가서 집을 향해 차를 몰았다. 거실에 들어가 선풍기를 켜고 가까이 다가가 앉았다. 초가을, 먹구름이 낀 납빛 하늘 아래인데도 끈덕지게 남은 늦더위가 얼굴에 땀이 엉겨 놓았다. 찜찜했던 아침 사건이 신경을 긁어서 몸에 열불이 나는 걸지도 모를 일이었다. 이마에 맺혔던 땀은 선풍이 바람에 곧 식었지만, 아침의 일과 저세호에 대한 생각이 뒤엉켜 머릿속이 어수선하고 진땀이 나는 게 사실이었다.

    어떤 방식으로든 마음을 진정시켜야 할 것 같았다. 안방으로 들어가 옷장을 열고 어제 입었던 바지 주머니를 뒤져, 캐스터네츠를 꺼냈다. 책상 서랍에 들어있던 팔찌도 꺼냈다. 캐스터네츠를 눌러보고, 팔찌도 돌려보았다. 그러나 어찌된 일인지 혼란스러운 마음이 가라앉지 않았다. 캐스터네츠와 팔찌는 수십 년 동안 나의 불안한 마음을 달래주었던 고마운 물건이었다. 캐스터네츠와 팔찌를 내려다보았다. 눈에 눈물이 고이고 있었다.

    나는 휴대폰을 꺼내 고등학교 동기들 단톡방에 들어갔다. 354명, 졸업생 사백팔십 명 중 대부분이 모여 있는 채팅방이었다. 메뉴 키를 누르자 채팅방 서랍에 대화 상대 이름이 가나다순으로 떴다. 손으로 화면을 밀어 올리자 저세호라는 이름이 보였다. 친구를 추가하는 + 버튼을 누르자 그의 사진에 ? 표시가 사라졌다. 사진을 터치해 1:1 채팅 버튼을 눌렀다. 그리고 키보드 화면에 손가락을 올렸다. 쉽게 쓸 수 없는 내용일 거였다. 나는 손가락이 떨렸지만 용기를 내서 키보드를 두드렸다. 그때, 너의 반인성의 싹을 잘라버렸어야 했는데⋯

저세호에게 메시지를 보내자, 나는 비로소 양송이 스프가 끓을 때 생기는 기포가 터지듯 가슴속에 남아 있던 두려움이 보글거리며 끓어올라 터지는 것 같았다. 그러자 온도계의 빨간 눈금이 내려가듯 마음이 냉정해지고, 몸이 서늘해지면서 두려움이 줄어들었다. 사십 년 넘게 마음 한편을 죄어오던 올무를 벗어낸 기분이었다. 이제야 비로소 진짜 어른이 된 느낌이 들었다. 나는 캐스터네츠와 팔찌를 내일 입고 나갈 외출복이 아닌 서랍 속에 깊이 집어넣었다.

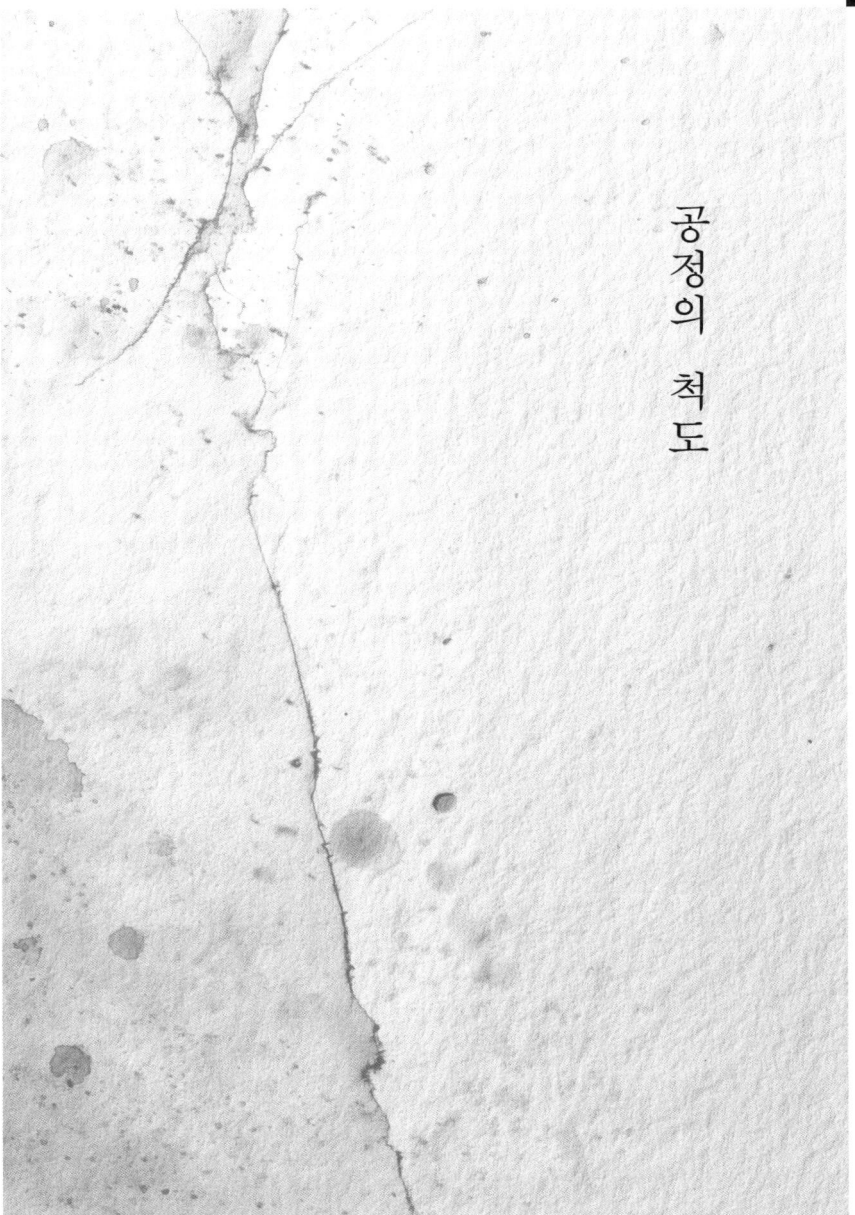

공정의 척도

범인 손영래의 1심 선고공판 방청권 공개 추첨에 뽑혔다. 우리 신문사는 재판장이 소수의 언론사만 공판정 취재를 허용하는 바람에 법정에 들어갈 수 없게 되었다. 그래서 개인 자격으로 방청 추첨을 신청했는데, 높은 경쟁률을 뚫고 운 좋게 당첨되었다.

사고가 난 지 두 달 만이었다. 재판 장소인 서울중앙지방법원 311호 중법정은 방청객 좌석이 13석밖에 없었다. 추첨을 통해 뽑힌 방청객 대부분은 중계 법정인 소법정에 앉아 브라운관을 통해 생중계되는 재판을 봐야 했다. 범인, 손영래가 모든 범죄사실을 자백해서인지, 재판은 오래 걸리지 않았다. 20분 만에 손영래에게 법정 최고형인 사형이 선고되었다. 재판장은 피고 손영래에게 마지막으로 하고 싶은 말을 하라고 허락했다.

"세상을 탓하지 않겠습니다. 벌을 받아 마땅하니까요. 이유 없이 칼에 맞아 죽거나 다친 분과 그분들의 가족에게 사과하고 싶습니다."

브라운관에 범인의 얼굴이 클로즈업되었다. 치아 사이로 살짝 머금은 미소가 보였다. 유심히 보지 않으면 눈치채지 못할 찰나의 일이었다. 진심으로 뉘우치지 않는 게 분명했다. 그는 아무런 이유 없이 길거리 행인에게 칼부림을 한 포악무도한 사람이었다. 나는 충동적으로 반사회적 행동을 일삼는 사이코패스 아니면, 양심의 가책이나 죄책감이 결여된 소시오패스의 눈빛이 저럴 거라고 생각했다. 참회는커녕 연기하는 배우의 눈빛이었다.

독립해서 서울 원룸에 사는 딸에게 전화가 왔다. 옷을 사줄 테니 만나자는 거였다. 딸과 만나려면 지하철을 타고 ㄴ역으로 가야 했다. 지하철 플랫폼에 들어서자 지하철이 막 출발하려고 하는 중이었다. 뛰다시피 해서 가까스로 올라탔다. 숨을 헐떡이며 스테인리스 기둥을 잡았다. 바로 앞에 젊은 남자가 앉아있었다. 남자는 검은색 모자를 쓰고 왼쪽 손목에 실매듭으로 엮은 팔찌를 하고 있었다. 그 남자는 고개를 숙인 채 모바일 게임을 하고 있었다. 숨을 돌리고 있는데, 다음 역에서 빈자리가 났다. ㄴ역까지 두 개의 역만 남았는데, 주변을 둘러보아도 앉으려는 사람이 없어서 내가 앉았다. 실매듭 팔찌를 한 남자 옆자리였다.

약속 장소인 커피숍에서 딸을 만났다. 커피 두 잔을 주문하고 창가 자리에 앉았다. 그러고는 진동 벨이 울리기를 기다렸다. 창밖에는 사람들이 많았다. 일 분이 지났을까? 밖에서 한 남자가 뛰어다니는 모습이 보였다. 이윽고 함석으로 된 임시 구조물이 무너지는 굉음이 났다. 연이어 무언가 깨지는 요란한 소리가 나며 악! 악! 하고 비명이 들렸다. 창밖을 보니 젊은 남자가 팔뚝만큼 긴 식칼을 들고 뛰어다니고 있었고, 사람들은 허둥대며 사방으로 도망치고 있었다.

눈을 치켜뜨고 창밖을 내다보는데, 식칼 든 남자와 눈이 마주쳤다. 등줄기가 시리고 머리에 전기가 흐르면서 머리카락이 곤두섰다. 공포가 밀려왔다. 눈이 마주친 남자는 지하철에서 실매듭 팔찌를 하고 있던 사람이었다. 머릿속이 하얘지며 아무런 생각도 나지 않았다. 단지, 위험하다는 생각과 잘못하다가는 나는 물론 딸이 그의 칼을 맞을지도 모른다는 생각만 들었다. 의자 바닥을 짚으며 벌떡 일어났다. 무작정 딸의 손을 잡고 쇼핑몰 안쪽으로 연결된 문을 열었다. 매장 안, 사람들은 바깥 상황을 잘 모르고 있었다. 사람들은 쇼핑할 물건을 보느라 열중하고 있었다. 매장 한가운데에 에스컬레이터가 보였다. 딸의 손을 붙들고 에스컬레이터에 올라탔다. 3층까지 올라갔지만, 끝까지 남자가 나를 뒤쫓을 거라는 생각에 두려웠다. 나는 나만큼이나 겁에 질린 딸 손을 이끌고 복도 귀퉁이에 있는 남, 여 구분이 되어 있었지만, 남자화장실로 들어갔다.

화장실 안쪽 벽에 붙어 있는 유리창으로 건물 밖을 내려다보았다. 남자는 보이지 않았고 몇몇 사람이 모여 있었다. 무슨 이유 때문인지, 순간적으로 지하가 더 안전할 거라는 생각이 들었다. 겁에 질려서도 이 순간을 벗어나 딸을 지켜야 한다는 생각뿐이었다. 걱정은 이런저런 생각으로 오락가락했다. 만약, 그가 건물 안으로 들어온다면 지하보다는 지상으로 올라가는 에스컬레이터를 이용할 것 같았다. 지하로 내려가는 게 최선이라고 생각했다. 복도로 나와 엘리베이터가 있는 쪽으로 가서 네 대 모두 하행 버튼을 눌렀다. 나는 네 대의 엘리베이터 문 앞을 오가며 안절부절못했다.

도착한 엘리베이터를 올라타고 지하 2층으로 내려갔다. 지하 2층은 대형마트였다. 숨을 멈추고 주변을 살폈다. 대낮이라 그런지 손님이 적었다. 마트에 들어오는 사람이 잘 보이는 자리에 위치한 음료대 매장 앞을 서성대며 시간이 흐르기를 기다렸다. 건물 밖에서 사이렌 소리와 사람들이 웅성대는 소리가 희미하게 들렸다. 시간을 보니 커피숍에서 나온 지 십오 분이 지나 있었다. 지금쯤, 출동한 경찰이 범죄 현장을 어느 정도 진압했을 거란 생각에 에스컬레이터를 타고 1층으로 올라갔다. 출입문 쪽으로 다가가 바깥 동향을 살폈다. 지하철역 앞에 119차량들이 부상자들을 후송하고 있었다. 가로수와 입식 간판에 경찰이 쳐놓은 노란색 테이프가 둘러쳐져 있었다. 인도와 차도에 핏자국이 보였다.

갑자기 딸꾹질이 났다. 다친 사람들 붕대에 밴 핏빛 얼룩을 보자 다시 공포가 느껴졌고 연신 딸꾹질이 났다. 공포에 떠는 모습을 딸 앞에서 보이는 것이 부끄러웠지만, 이런 상황에서 체면을 차리는 것은 무의미한 일이었다.

2018년, 딸과 유럽 여행을 갔었다. 딸과 파리 시내로 나갔다. 딸은 한국을 출발할 때부터 파리에 있는 백화점에서 명품 핸드백을 사려고 벼르고 있었다. 귀국길에, 관세를 내더라도 비행기 값 절반을 아낄 수 있다며 흥분해 있었다. 그래서 경유지였던 밀라노와 로마에서도, 파리에서의 쇼핑을 위해 물건 사는 것을 자제했었다. 그날 일정은 에펠탑을 올랐다가 프렝탕 백화점과 샹젤리제 거리에서 쇼핑하는 거였다. 저녁 식사를 마치고 나서는 센강 유람선을 타기로 했다. 에펠탑 관광과 센강 유람선을 빼면 하루 종일 쇼핑하려고 시간을 비워둔 셈이었다.

에펠탑 전망대에 올라가서도 딸의 관심은 온통 쇼핑에 쏠려 있었다. 기념사진 몇 장을 찍고 서둘러 내려와 샹젤리제 거리로 나갔다. 딸은 한 명품매장에 들어가 물건을 구경하고, 나는 가게 앞에서 테이크아웃 커피를 마시고 있었다. 그런데 이리저리 뛰어다니는 사람들이 눈에 띄었다. 그들의 언어를 알아들을 수 없었지만, 분위기가 심상치 않았다. 무슨 사달이 난 게 분명해 보였다. 방공호로 대피하는 것처럼 사람들이 지하철 쪽으로 다급하게 움직이고 있었다. 매장으로 들어가 딸에게 사람들의 이상한 행동을 얘기했다. 딸은 물건을 살펴보느라 내 이야기를 들은 체만 체했다. 경찰들이 군데군데 보이고 이리저리 뛰어다니는 사람들이 유리창 너머로 보였다. 얼마 지나지 않아 가게 주인이 모두 가게에서 나가라고 했다. 한 점원이 영어로 말해 다급한 상황을 짐작할 수 있었다. 폭동이 일어날 것 같아 당장 상점 문을 닫겠다는 것이었다.

딸과 거리로 나와 주변을 살폈다. 경찰들이 보였고, 노란색 조끼를 입은 사람들이 노래를 부르며 거리를 점거한 채 우르르 몰려오고 있었다. 프랑스는 유럽에서 시민혁명이 제일 먼저 일어난 나라답게 데모와 파업이 많다는 말을 들었던 게 기억났다. 지하철역 입구를 보니 데모대를 피하려는 사람들이 줄지어 있었다. 한꺼번에 많은 사람이 몰려 좀처럼 계단 밑으로 내려가지 못하고 정체되어 있었다. 딸의 손을 잡고 다른 계단을 찾았지만 이미 폐쇄되었거나, 1층 상점에서 내부 계단을 이용해야 위층으로 올라갈 수 있는 옛날 건물들뿐이었다. 들고 있던 커피를 휴지통에 버리고 딸과 뒷골목으로 뛰어갔다. 그곳도 큰 거리보다 사람은 적었지만, 상황은 비슷했다. 상점들은 서둘러 문을 닫고 있었고 사람들은 좁은 골목으로 피하고 있었다.

공포에 질린 채 뒷골목으로 들어갔다. 그곳은 화방이 늘어서 있는 좁은 거리였다. 사람들 틈새에 끼어 있는데 심장이 콩닥거렸다. 언제부터인지 딸꾹질을 하고 있었다. 우리나라가 아니고 언어가 통하지 않으니 더 크게 공포를 느끼는지도 몰랐다. 딸은 화방 출입구 앞의 연석에 쪼그려 앉았다. 그런 공간조차 차지하지 못한 나는 딸 옆에 서서 벽에 등을 기댔다. 골목 중앙에서 사람들 사이에 옴짝달싹 못 하고 끼어 있지 않은 것이 그나마 다행이었다.

한 시간 정도의 시간이 흘렀다. 말을 알아들을 수 없지만, 사람들이 흩어졌다. 상황이 진압되었던지, 아니면 데모 군중들이 다른 데로 몰려간 것 같았다. 딸과 대로로 나와 보니 처참했다. 1층에 위치한 명품 가게의 유리는 깨져 있고 상점 물건 대부분을 약탈당했다. 경찰은 도망갔는지 경찰차가 길에 내팽개쳐 있고, 데모하는 군중은 다른 거리를 향해 몰려가고 있었다. 이 나라가 선진국이 맞는지, 어떻게 선진국이라는 나라의 치안이 이렇게 허술한지 이해되지 않았다.

노란 조끼는 프랑스 정부가 각종 사고에 대비해 모든 차량에 의무적으로 비치하도록 한 형광조끼였다. 조끼는 노동자 등 서민층을 상징하는 옷이 되었다. 마침, 정부의 세금 인상 정책에 반발한 시민들이 자신의 차에 있던 노란색 조끼를 입고 대규모로 시위에 합류한 거였다. 하필이면 우리가 파리에 들러 샹젤리제 거리로 나가는 날, 백주대낮에 시위가 발생한 거였다.

옷 사는 일정을 다음으로 미루고 딸과 집으로 가기로 했다. 시간이 흘렀고 사고 현장을 벗어나서인지 공포심은 줄어들었고, 딸꾹질도 멈추어 있었다. 휴대폰으로 인터넷을 검색하니 언론사들의 속보가 나오고 있었다. 범죄의 원인을 몰라서인지, 언론사마다 보도 의견이 달랐다. 하지만 공통된 원인은 날씨를 탓하는 것이었다. 섭씨 35도를 넘어서 불쾌지수가 올라 우발적으로 범죄가 저질러졌다고.

나는 서울 인근에 위치한 집으로 돌아오자마자 소파에 누웠다. 섬뜩한 일을 목격해서인지 정신이 몽롱했다. 샤워를 마치고 거실로 나오는 딸에게 물었다. "괜찮아?" 딸은 리모컨을 찾아 TV를 켰다. 채널마다 '묻지 마 범죄'에 대한 뉴스가 나오고 있었다.

나는 인터넷 신문사의 대표로 일하고 있다. 직원은 네 명뿐이다. 그중 L은 회계업무 등 행정업무를 맡아주는 사십 대 중반의 여성이었다. 신문사를 창업하면서 뽑은 두 명의 기자는 삼십 대의 남자들인데, 글을 잘 쓰고 구독자들이 좋아할 만한 키워드를 찾아낼 줄 알았다. 기자들의 급여는 기본급에 각자가 올리는 기사의 클릭 수, '좋아요' 같은 긍정적인 댓글이 달린 횟수에 따라 성과급이 추가되는 시스템이었다. 우리 신문사는 영세한 규모로 근근이 사업을 영위하고 있었다.

직원회의를 거쳐 두 기자는 후쿠시마 방사능 오염수 방류 관련 기사를 내기로 정했다. 묻지 마, 칼부림 사건에 대한 취재와 기사 작성은 내가 맡았다. 일본의 오염수 방류 문제도 큰 이슈가 있는 사안이라 두 명의 기자와 취재를 분담하기로 한 것이었다.

나는 백팩에 노트북을 넣고 사무실을 나섰다. 지하철을 이용해 경찰서로 출발했다. 지하철에 앉은 승객이 팔찌를 끼고 있는지 유심히 살피고 있는 자신을 보니 실소가 나왔다. 형사과 앞 복도 쪽으로 들어가자 여러 언론사 기자들이 모여 있었다. 범죄가 일어난 지 하루가 지났어도 취재 열기는 식지 않았던 것이다. 카메라를 바닥에 내려놓고 주저앉아 있는 기자들은 지쳐 보였다. 무더운 날씨 탓이었다.

K 경사는 진즉부터 안면이 있는 사이였다. 장애인 딸을 돌보는 아버지 행세로 돈을 모금하던 사람의 사기 행각이 밝혀졌던 사건이 있었다. 그 사건을 취재할 때, K 경사의 수사 동선을 따라다니며 취재한 적이 있었다. 오랜만에 만난 K 경사는 반가워하지도, 그렇다고 외면하지도 않았다. 힐끔 보더니 나에게 보도자료 한 장을 내밀고 사무실 밖으로 나가 버렸다.

자료는 개괄적인 사항이었다. '손영래 인적 사항'이라고 쓰여 있는 첫 장에는 그의 신상이 적혀 있었다. 1989년생, 무직, J 구 ○○동 거주, 할머니와 이모와 셋이 살고 있음, 167cm에 68kg,

전과 3범, 소년원 송치 12회라고 쓰여 있었다. 복도에서 자료를 보는데 K 경사가 자판기 커피를 들고 다시 사무실 쪽으로 걸어오는 게 보였다. 형사과 사무실로 그를 따라 들어갔다.

전과 내용에 대해 알려 달라고 말했지만, K 경사는 들은 체하지 않았다. 오 년 전 사건 때, 범인이 후원받던 엉터리 사회복지 시설에 같이 갔었는데 기억이 나느냐고 물었다. "기억나요. 바쁘니까 한 가지만 물어봐요."라고 K 경사가 퉁명스럽게 대답했다.

나는 보조 의자를 끌어당기며 그의 책상으로 다가갔다. 전과에 대한 상세한 내용을 물었다. K 경사는 커피가 든 종이컵을 들면서 말했다. 손영래는 2010년 술집에서 모르는 사람과 시비 끝에 소주병으로 머리를 가해하여 일 년의 실형을 살았다고. 그리고 두 번의 보험사기 전과가 있었다고 했다. 소년원에 들어간 것은 절도가 대부분이지만 폭행, 살인미수도 있었다고. 이번 사건의 정확한 범행동기가 무엇이냐고 물었더니 "한 가지만 물어보라고 했잖아요."고 대답한 뒤, 양쪽 손바닥을 나에게 보이며 손목을 X자 모양으로 만들며 그만하라는 제스처를 취했다. 나는 자리에서 일어서면서 "사이코패스가 맞나요?", "성범죄 전과는 없나요?"라고 물었다. K 경사는 질문에 답하지는 않았지만, 자신이 직접 취조했다면서 범인 진술이 적힌 녹취기록을 보여주었다.

—"당신이 나라면 그냥 참을 수 있겠어?"

—"나를 제대로 봐주는 인간이 있어야 말이지."

경찰서 취조실에서 범인이 진술한 말이라고 조서에 쓰여 있었다.

나는 경찰서를 나섰다. 그러곤, 범죄 심리에 대한 조언을 얻기 위해 정신과 의사를 찾아갔다. 원장은 우리 신문에 정신착란에 대한 글을 기고한 적이 있었던 사람이었다. 원장을 만나 정신질환자의 범죄확률에 대한 의견을 물어보았다. 원장은 정신질환이 있다고 해서 범죄를 더 많이 저지르는 것은 아니며, 불우한 환경에서 자랐다고 해서 반사회적 행동을 많이 한다는 명확한 근거도 없다고 대답했다. 그러면서 정신질환과 성장 환경으로만 범죄와의 연관성을 보는 것은 문제가 있다고 했다. 반사회적 인격장애라고 부르는 소시오패스, 반사회적 행동과 죄책감 결여, 자기중심성 성향을 보이는 사이코패스로 넘어 간 사람이라면 분명, 범죄 충동을 크게 느낄 것이라고 대답했다.

K 경사에게 들은 내용을 정리하면 이랬다.

사고 당일, 손영래는 집에서 택시를 이용해 어린이대공원에 도착했다. 어린이대공원 안에 한 시간 정도 들어가 있었는데 들어가서 무엇을 했는지는 알 수 없다. CCTV에는 정원을 거니는 모습만 찍혔다는 것이다. 대공원에서 나와 지하철을 타고 ㄴ역에서 내렸고 범행이 저질러졌다. 범행 전, 대공원 정문 앞에 있는 마트에 들러 5분 만에 식칼 두 개를 훔쳤고, 휴대폰을 이용해 '급소',

'홍콩 묻지 마 살인' 두 가지를 검색했다. ㄴ역에서 내린 지 7분 만에 길거리에 서 있는 20대 남자 한 명의 복부를 여섯 번 찔러 살해했다. 그다음, 도로와 인도로 오가며 세 명의 삼십 대 남자를 찔러 상처를 입혔다. 그는 범행 15분 만에 사고 현장에서 검거되었다. 사람을 찌른 손영래는 체포될 때까지 범죄 현장에서 도망가지 않고 근처 계단에 한동안 앉아있었다. 체념한 건지 아니면 후회한 건지 알 수 없다. 경찰은 그가 남자만을 표적으로 삼은 점을 주목하고 있다.

인터넷 신문사는 속보를 내고 다른 언론사보다 클릭 수를 늘리는 것이 사업의 관건이었다. 그래야 배너광고가 들어오고 데이터 이용수익이 생겼다. 월별로 조금 다르지만, 그동안 우리 회사 수입은 신통치 않았다. 인건비와 임대료, 공과금을 내면 남는 돈은 몇백만 원 남짓이었다. 이 것이 나의 한 달 수입인 셈이었다. 하지만 특종을 잡으면 몇 배의 수입을 거둘 수 있었다. 그래서 다른 언론사보다 빨리 보도하거나 특종을 잡는 게 중요했다.

범죄가 일어난 지 이틀이 지나자 사건에 대한 개괄적인 내용이 여러 언론사를 통해 보도되었다. 우리 신문사도 사람들의 관심을 끌 또 다른 자극적인 기삿거리가 필요했다. 나는 어느 독자층을 타깃으로 삼아 지지를 끌어낼 것인지 고민했고, 3040세대들과 MZ세대를 타깃으로 기사를 쓰기로 마음먹었다. 왜냐 하면 프랑스 사건처럼 분노한 군중심리가 불러일으킨 것이 아니었고, 한 명의 망나니가 벌인 어이없는 범죄라는 사실에 주목했다. 무더위에 지친 독자들에게 자극적인 보도와 더불어 사이다처럼 시원하고 통쾌한 사설을 쓰는 것이 매력적일 거로 생각했다.

그런데도 범죄가 발생한 지 이틀 동안, 나는 아무런 기사를 게재하지 못했다. 다른 언론사에서 보도한 내용을 짜깁기해서 기사를 쓰는 것은 표절행위나 다름없었다. 사장이 직접 나선 조사에서 기사 하나 못 쓰고 있다는 것이 창피했다. 빨리 제대로 된 기사를 하나라도 써야 할 판이었다.

나는 다시 경찰서를 향해 길을 나섰다. 사건이 일어난 원인에 주안점을 두고 백지상태에서 사건을 다시 들여다보기로 마음먹었다. 아이스아메리카노커피를 포장했다. 점심 식사를 마치고 들어오는 K 경사에게 포장해 온 커피를 전달했다. 안 받으면 어떡하나 하고 걱정했지만, 그는 순순히 받았다. "따라 들어오세요."

그를 따라 휴게실로 들어가 탁자에 마주 앉았다. K 경사는 손영래 휴대폰을 포렌식한 결과, 범행 하루 전날 초기화 작업을 했고, 검색기록을 삭제하려고 시도했다는 사실을 말해주었다. 그리고 집에서 사용하던 PC 데스크톱을 망치로 부수어 증거를 인멸하려고 했다는 정보도 알려주었다. 나는 범인 진술 중에서 특징이 될 만한 내용 한 가지만 더 알려달라고 사정했다. K 경사는 들은 체하지 않고 빨대로 남은 커피를 마시고 컵에 남은 얼음을 좌우로 흔들며 일어섰다. 그가 고개를 돌리며 말했다. "내가 불행하게 사니까 남들도 불행하게 만들고 싶었다."라는 진술을 본인이 조서 마지막에 친필로 썼다고. 나는 서둘러 휴게실 바닥에 노트북을 펼치고 즉석에서 기사를 송고했다. 사무실에 있는 총무 담당 L은 몇 분 내에 기사를 인터넷에 게재할 것이었다.

경찰서 밖으로 나와 정신과 원장과 통화를 했다. 원장은 정황을 살펴볼 때, 사이코패스가 틀림없을 것 같다며 범인의 성장 환경을 자세히 조사해 보라고 나에게 조언했다. 택시를 타고 J 구 ○○동에 있는 그의 집으로 갔다. 산 밑에 위치한 허름한 달동네 마을이었다. 집집이 담벼락에 벽화가 그려 있었다. 서울에 아직도 이런 달동네가 남아 있을 거라고 생각해 본 적이 없었다. 손영래의 집 위치를 물어보려 했으나 돌아다니는 사람들이 없었다. 35도를 넘나드는 무더위 때문일 것이었다. 슈퍼에 들러 음료수를 샀다. 슈퍼 주인에게 이것저것 물어보니 아는 대로 대답해 주었다. 손영래가 밤낮을 가리지 않고 슈퍼 앞 평상에 앉아 술을 먹는 일이 잦았다고, 자기만큼 손영래를 잘 아는 사람이 없다고 뻐기기도 했다. 마침 슈퍼에 방문한 이발소 아저씨와 셋이 평상에 앉았다. 캔 맥주와 오징어 안주를 사서 평상에 펼쳐 놓으니 그들은 물어보지 않은 내용까지 속속들이 말해주었다. 5년 전, 손영래의 아버지는 경마에 빠져 얼마 남지 않은 재산까지 모조리 날리고 집을 나갔고, 어머니는 남편의 폭행에 시달리다 집을 나가 10년 넘게 소식이 없다는 것이었다. 그래도 손영래는 이모와 외

할머니의 사랑을 많이 받으면서 자랐다고 했다. 이발사 아저씨는 손영래가 잘 웃고 어른들에게 인사도 잘하는 사람이었다고 덧붙이기도 했다. 군대를 다녀온 뒤 뚜렷한 직업이 없이 만화방을 들락거리고 술을 많이 마셨지만, 본래는 착한 사람이었다고.

  손영래에 대한 평판은 두 가지로 갈렸다. 예의 바르고 내성적이었다고 말하는 부류와 우울한 나머지 술에 취해 맨주먹으로 벽을 치고 울분을 토했다는 주장이었다. 마을길을 걸어 내려오면서 정신과 원장에게 전화를 걸었다. 원장은 조서에 친필로 쓴 것을 생각하면 사이코패스일 개연성이 높으며, 본인이 체포 순간에도 전지전능함을 사람들에게 과시하려는 마음이 있었던 것 같다고. 체포를 의연하게 받아들인 것은 영웅심리를 내보여서 뿌리 깊은 열등감을 해소하려는 것 아니겠냐고 말했다. 정신과 원장의 말을 듣고 서둘러 '센세이셔널한 사건을 창조한 괴수'라는 기사를 쓰기로 마음먹었다.

  여러 번 기사를 게재했지만, 클릭 수가 많이 오르지 않았다. 광고가 들어오지도 않았다. 기자 둘이 작성한 일본 원전 오염수 관련 기사도 마찬가지였다. 다른 언론사가 다루지 않은 기삿거리를 찾아야했다.

  범죄가 일어난 지 나흘이 지났다. 다시 경찰서를 찾아갔다. K경사는 손영래가 사이코패스 진단검사(PCL—R)에 불응하고 있다고 말했다. 그래서 프로파일러를 투입하기로 결정했다고. 나는 휴대폰을 꺼내 사이코패스 진단검사를 검색했다. PCL―R 검사는 냉담함, 충동성, 공감 부족, 무책임 등 스무 가지 문항의 질문을 통해 사이코패스 여부를 확인하는 특성 검사라는 내용이 검색되었다.

정신과 원장을 다시 찾아갔다. 원장은 사이코패스는 범죄 형태만 보고 진단해서는 안 된다고 말했다. 그 사람의 생활 습관과 행동 그리고 범죄의 특성을 보고 종합적으로 판단해야 한다는 것이었다. 단지, 불특정 다수를 대상으로 우발적으로 사고가 일어난 것을 사이코패스로 진단하는 것은 불합리하다고 말했다. 나는 범인이 사전에 범행을 계획하고 준비했던 이야기를 원장에게 들려주었다. 그리고 조사 과정에서 범인이 '본인만 불행하고 직업도 없으며 미래가 없다. 이런 원인은 주변에 있는 멀쩡한 남자들 때문이다.'라고 진술했다고 덧붙였다. 그런 이유 때문인지 남성만을 범죄의 대상으로 삼은 것 같다고 말했다. 원장은 예약 환자가 올 시간이라는 말을 끝으로 자리에서 일어났다. 여러 번 도와줬으니, 이쯤에서 돌아가라는 뜻이었다.

'ㄴ역 흉악범죄 괴수와 절망세대들'이라는 기사를 올렸다. 젊은이들을 '삼포세대'라고 부르는 신조어가 있었고, 포기한 게 너무 많아 N포 세대라는 말까지 생겨나 있었다. 나는 기사에 삼포세대를 '절망세대'라고 표현했다. 그리고 왜 절망하는지에 대해

자세히 기사를 썼다. 누구는 금수저를 물고 나와 잘 나가고, 누구는 공부를 잘해 의사나 변호사가 되는 데 본인은 편의점에서 바코드나 찍는 현실을 비판한다는 글이었다. 잘난 계층을 시기하는 것에서 혐오하는 단계로 변하는 것은 백짓장 한 장 차이라는 글을 기사에 담았다.

다른 언론사에서 이미 보도한 내용을 인용도 했다. 손영래가 범행 전 어린이대공원에 찾아간 이유였다. 부모와 함께 간 나들이는 초등학생 때, 어린이대공원이 유일했다고. 그래서 그곳을 마지막으로 방문했고, 한편으론 부모를 그리워하면서 또한 원망하지 않았겠느냐고.

우리나라에서도 프랑스처럼 군중 폭동이 일어나지 말라는 법이 없다고 생각했다. 문제를 해결하지 않으면 언젠가는 곪아 터질 것 같았다. 젊은 세대의 분노에 대한 기사를 썼다. 양극화가 나타나는 사회 현상은 노인의 고독사 문제처럼 청년을 고립시킨다는 의견으로. 기사에 '청년들은 무엇을 받아들이지 못하는가?'라는 제목을 달았다. 놀랍게도 이번 기사에 MZ 세대들의 클릭 수가 늘고 댓글이 달리기 시작했다. 젊은 층의 응원 댓글이 꼬리에 꼬리를 물고 달렸던 것이다.

프랑스와 비교하며 '노란 조끼와 N포 세대'라는 기사를 연달아 게재했다. 사회에 저항하는 시민과 제도에 순응하는 시민의 양면성을 드러내는 기사였다. 양극화 현상을 무시한다면 노란 조끼 사건 같은 테러가 우리나라에서 일어나지 말라는 법이 없다는 내용이었다.

공정한 나라를 만들겠다고 공약하고 나 몰라라 하는 대통령을 꼬집어 비판했다. 우리 신문에서 정치적인 성향을 드러내는 것은 이번이 처음이었다. 사실, 나는 우리 신문에 정치적인 기사를 올리는 것에 두려움을 느끼고 있었다. 나는 대학생일 때도 앞장서서 데모를 하지 못하고 친구들 뒤에 빠져있었다. 그래서인지 우리 신문은 경제 뉴스와 환경 문제를 주로 다루어왔었다. 그런데 이번에 낸 정치 기사는 우리 신문사 사상 최고의 조회 수를 기록했다. 클릭 수 칠만, '좋아요' 삼천, 댓글은 육천 개가 달렸다. 배너광고가 들어오고 구독자 숫자가 늘어났다.

이럴 줄 알았다면, 진즉부터 정부의 잘못된 공정 이슈를 꼬집는 기사를 게재할 걸 그랬다는 후회가 들었다. 그랬더라면, 배너 광고가 늘고 회사 매출도 키울 수 있었을 것이다. 유력 정치인 딸의 학사 특혜, 기분 내듯 결정한 대통령의 공공기관 비정규직의 정규직 전환 등 이슈가 될 만한 기삿거리가 많았었다. 그랬더라면 능력과 성과에 관계없이 불공정한 사회를 만드는 세력에 불만이 가진 2030 세대들이 호응했을 것이 분명했다.

'정치인의 공약은 공염불, 개발 공약 외에는 관심이 없는 정치꾼들'이라는 기사를 연달아 게재했다. 지역개발 외에 나머지를 저버리는 정치인의 행태를 비판했다. '공정에 대한 역습', '양극화는 테러의 씨앗인가?'라는 기사를 연달아 신문에 냈다.

  계속되는 독자들의 호응으로 우리 신문사는 유명세를 치르고 있었다. 이참에, 반짝 인기가 아니라 제대로 매출이 오르는 신문사가 되었으면 좋겠다는 바람이 생겼다. 졸음을 참아가며 쓴 기사를 송고하고 침대에 누웠다. 강아지가 내 침대로 뛰어 올라왔다. 언제나 내편인 강아지 등을 토닥거리다가 잠이 들었다.

  고향 친구 L을 태우고 승용차를 몰았다. 다니는 차량이 한적한 2차선 지방도로였고 한밤중이었다. 그런데 하얀 말 두 마리가 광목으로 된 흰색 천으로 눈을 가린 채 도로에 들어와 뛰어다니고 있었다. 앞을 볼 수 없는 말도 위험했지만, 나도 가로등이 없는 어둠속에서 전조등 불빛만으로 운전하는 것이 겁났다. 좁은 마을길에서 다른 두 마리의 말이 도로에 나왔다. 이번에는 붉은 말이었는데, 마찬가지로 천으로 눈을 가린 상태였다. 어떤 몹쓸 작자가 말의 눈을 가렸으며 이런 위험천만한 일을 벌이는 것인지. 이대로 차를 운전하다가는 말과 부딪치는 사고가 날 것 같았다. 한쪽에 차를 주차했다. 문을 열고 차에서 내리는 순간, 꿈에서 깼다. 괴이한 꿈이었다.

  무서운 꿈은 아니지만, 괴이했다. 동물에게 장난하는 못된 인간이 있다는 상상에 식은땀이 났다. 넋이 나간 상태로 천천히 꿈을 복기해 보았다. 도로 이정표에 밀양이라는 글씨가 나왔던 것이 기억났다. 밀양에 가 본 적은 있지만, 이십 년 전의 일이었다. 고향 친구 L도 10년 넘게 만난 적이 없고 연락이 뜸한 사이였다. 왜 밀양 이정표가 나왔고 연락이 뜸했던 친구가 꿈에 등장했는지 도대체 알 수 없었다. 동물 꿈도 오랜만이었다. 게다가 말이라니.

내가 중학생일 때, 부잣집 아들이 천변도로에서 말 타는 모습을 보고 부러워했던 적이 있었다. 그는 나보다 한 살 많았는데 백혈병에 걸려있었다. 부잣집에서 죽을 사람 소원을 들어주느라 비싼 말을 사준 것이었겠지만, 승마복을 입고 말갈기를 휘날리며 달리던 그의 모습을 부러워했었다. 중학생 시절 뒤에 말에 대한 특별한 로망이 없었는데, 왜 말이 꿈에 나온 건지 도무지 짐작할 수 없었다.

ㄴ역 칼부림 사건을 모방한 살인 예고 글이 온라인에 올라왔다. 언론의 주장대로 무더위 탓인지, 사회적 불만이 터져 나온 것인지 알 수 없지만, 살인을 예고하는 글을 선정적인 문구로 보도하는 언론 때문에 소문이 더 흉흉해졌다. 올해 여름의 사회 분위기는 시민들에게 불안한 감정이 전염되는 결과를 빚어내고 있었다.

장난인지 모르겠지만, ㄴ역에 '흉기를 들고 다니는 사람이 있다'는 출처 불명의 허위신고가 이어졌다. 그리고 부상자는 없었지만, S시에서 처음 보는 사람들에게 칼을 마구 휘두르는 사건이 일어났다. 또 다른 도시에서는 그저 누구 하나를 해치고 싶다며 112에 자신을 신고하는 일까지 벌어졌다. 단지 더위 탓에, 불쾌지수가 높아서 일어난 범죄라고 치부하기에는 잔혹한 일들이 여기저기에서 벌어지고 있었다.

평소에 늑장 대응하여 시민들의 질타를 받던 정부가 웬일인지 이번에는 단호하게 대처했다. 범죄를 저지르겠다며 허위 사실을 유포하는 사람까지 처벌하겠다는 강력한 대응 방침을 공표했던 것이다. 얼마 뒤, 살인 예고 글을 올린 사람이 이백 명이 넘고 그중에서 스무 명을 구속했다는 수사 결과가 발표되었다.

프랑스 노란 조끼의 폭동은 시민들이 군중심리를 일깨워 정부에 대항했지만, ㄴ역 범죄는 정신병을 가진 한 사람이 일으킨 일이었다. 범죄 동기에 아무런 메시지가 없는데도 다른 사람에게 가해 욕구를 유발시키고 있는 것이었다. 모방범죄와 허위신고가 연이어 일어난 것은 이런 가해 욕구에 동조한 결과였다.

분노의 발산이라는 시각으로 보면, 프랑스 노란 조끼 사건이나 ㄴ역 범죄나 비슷했다. 정부를 대상으로 한 노란 조끼 사건과 달리 ㄴ역 범죄는 아무 관계가 없는 행인들을 대상으로 했다는 점이 달랐을 뿐이다. 사회적 양극화가 심해지고 점점 개인주의적인 사회로 변해간다면 이런 묻지 마 범죄가 더 늘어날지도 모를 일이었다.

생각해 보면 나 또한 공정이라는 가치에 대한 불만에 가득 차 있는 사람이었다. 나만의 잣대를 대고, 내는 세금만큼 국가에서 대우받지 못하고 있다고 생각해왔었다. 나도 경제적으로 쪼들리거나, 하는 일마다 잘 풀리지 않는다면, 손영래처럼 세상을 적대시하지 않을까? 장담할 수 없는 일이었다. 범죄자가 되는 것이 어쩌면 무더위 때문에, 아니면 공정성에 불만을 가진 순간적 충동 때문에 일어날 수도 있을 것이라는 생각이 들었다.

고등학교 동창이자 같은 아파트에 사는 H에게 전화를 걸었다. 놀이터로 내려오라고 했다. 그와 나는 자주 놀이터 그네에 앉아 수다를 떠는 사이였다. 우리는 닮은 점이 많았다. 우선, 둘 다 인터넷신문사를 운영한다는 공통점이 있었다. 그것 말고도 아이들의 나이가 같았다. 딸, 아들을 둔 나와 달리 그는 아들만 둘이라는 점만이 달랐다. 게다가 아내가 학교 교사라는 점도 같았다. 그래서 아이들이 어릴 때부터 가족끼리 자주 보는 사이였다.

캔맥주 두 개와 땅콩 안주를 사서 놀이터로 나갔다. H는 이미 그네에 앉아있었다. 다가서는 나에게 H는 말을 걸었다.

"요즘에는 애들이 놀이터에서 안 노나 봐. 그치?"

나는 고개를 끄덕이고는 그에게 캔맥주 하나를 건넸다. 나도 캔맥주를 따며 옆 그네에 걸터앉았다. 나는 최근에 있었던 얘기를 시시콜콜 털어놓았다. 그러면서 클릭수가 늘고 배너광고가 들어와 매출이 오른 일을 세세하게 자랑했다. 맥주를 한 모금 들이키고는 H가 나에게 말했다. 국회의원 몇몇이 사람들의 정의심을 점수 매기듯 나누어 등급을 매기고 범죄를 미연에 방지하려는 법안을 만들려고 한다고. 그의 말을 듣자마자 나는 발끈하여 대답했다.

"누가 누구를 평가한다고? 무슨 기준으로? 말도 안 되는 얘기 하고 자빠졌네."

"세상이 공정해지고 범죄가 줄어들지 않을까?" H가 말했다.

"이건 내면의 문제야. 속이려고 덤비는 사람을 어떤 기준으로 막는다는 거야? 열 길 물속은 알아도 한 길 사람 속은 모른다는 속담도 있잖아. 법안을 만드는 국회의원들은 정직하다고 장담할 수 있어? 잘못 건드렸다가는 시민 폭동이 일어날지도 몰라. 게다가 점수 매기듯 정의심을 분류한다면 우리나라는 망할지도 몰라. 이건 수학 문제 풀이가 아니거든. 그런 인간들은 정치판을 떠나야 해."

무더위는 조금 누그러졌지만, 아직도 30도를 넘어서고 있다. 딸에게 전화를 걸었다. 주말에 집에 와서 함께 쇼핑하자고. 나는 올해 생일 선물로 검정 뿔테 안경과 검은색 트렌치코트를 받고 싶다고 말했다.

검은색 외투와 바지, 검정 안경을 쓰고 흰색 반소매 티셔츠를 속에 받쳐 입고 싶었다. 흰색 운동화와 함께. 이 옷을 입고 '한국인터넷신문방송기자협회'에서 주관하는 포럼에 참석하고 싶었다. 그 자리에 참석할 친구 H앞에서 뻐기고 싶었다. 외모와 복장으로라도 그를 능가하고 싶었다. '나는 너보다 나은 사람이야' 하고 우쭐대고 싶었다. 놀이터 그네에 앉아 말씨름을 벌였던 나와 H는 과연 공정한 게임의 플레이어였을까? 이런 생각을 하는 스스로가 유치하다는 생각이 들었다.

영웅심리에 범죄를 저지른 손영래의 과시하는 마음과 어느 것이 공정한 것인지 가리는 게임에서 H를 이기려는 내 마음이 크게 다르지 않을지도 모른다는 생각이 들었다.

《월간문학》 신인작품상 수상작

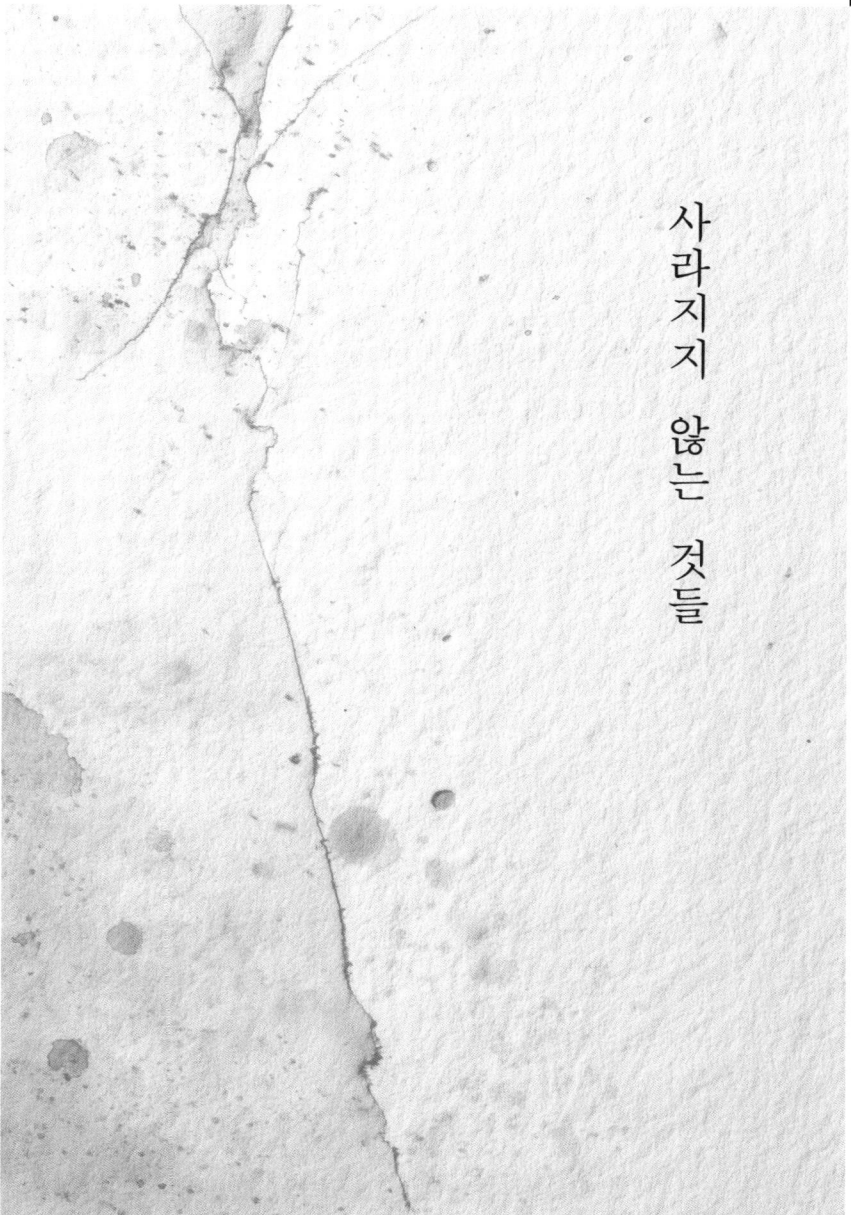

사라지지 않는 것들

오늘, 나는 악몽을 꾸었다. 칠 년 동안 술을 마시지 않았는데도 술 마시던 때와 같은 악몽을 꾼 것이었다. 꿈을 꾸는 것이 몸 상태와 관련이 있는지 모르겠지만, 몸이 찌뿌드드하거나 춥고 무더운 날이면 어김없이 악몽에 시달렸다. 사실, 그동안 나는 술에 대한 지긋지긋한 기억에서 벗어나고 싶어 많은 노력을 해왔다. TV에서 술 마시는 장면이 나오거나 주사를 부리는 장면이 나오면 채널을 돌렸고, 마트에 진열된 술에도 눈길을 주지 않았다. 술 마시는 모임에 가급적 가지 않았고, 매주 단주자 자조모임에 나가 술 마실 때 남에게 입힌 피해를 고백하며 용서를 구했다. 나는 단주하며 중독을 치료하던 오 년 전에 백반집을 차렸다. 나름 맛집으로 소문나 장사가 잘되었다. 우리 식당에서는 술을 팔지 않는다. 게다가 술에 취한 손님은 받지 않는다. 술과의 연결고리를 끊어내려 힘껏 노력하고 있었다.

그런데도 악몽은 사라지지 않았다. 조금 변화가 있다면 술에 찌들어 살던 칠 년 전과 달리 요즘은 꿈을 꾸는 횟수가 줄어들었다는 거다. 꿈속은 항상 밤이었다. 꿈속의 나는 검은색 옷을 입은 여자 앞에 엎드려 제발 나에게서 떨어져 나가라고 애걸했다. 여자는 손에 식칼을 들고 담배를 입에 꼬나문 채, 비웃음이 가득 담긴 표정으로 한 걸음씩 다가왔다. 매번 여자가 칼로 나의 가슴팍을 찌르려고 손을 휘두르는 순간, 겁에 질려 뒷걸음질 치려고 하지만 몸이 움직이지 않아 공포가 최고점에 달할 때, 다리에 전율을 느끼며 꿈에서 깨어났다. 그러고 나면 속옷은 땀에 흥건히 젖어 있었다.

나는 알코올중독으로 정신병원에 스물아홉 번이나 입원한 사람이었다. 처음에 입원했을 때는 반항을 하면서 중독자가 아니라고 우기기도 했었다. 병원에 있으면 '이렇게 살아서 뭐하나?' 하고 한탄했다. 빨리 병원을 벗어나고 싶어 안달하던 심정을 생각해 보면 지금도 몸서리가 처질만 한 기억이었다. 아무튼, 나는 입원과 퇴원을 여러 번 거듭하면서 결국에는 중독자라는 사실을 받아들였다. 퇴원하고 일 년 넘게 술을 끊은 적도 있었지만, 대부분 한 달을 넘기지 못하고 다시 술을 마시곤 했다.

칠 년 전 스물아홉 번째, 마지막 입원을 했을 때, 의사는 내 상태를 살피고는 이렇게 처방을 내렸다. "아티반 2밀리, 할돌 2.5밀리 주사하세요." 나는 만취하여 몸을 가누지 못하는 상태로 A 정신병원 응급실로 실려 갔다. 발작이 일어나 눈동자가 돌아갈 지경이었다. 몸을 떨면서 연신 입에서 거품을 흘리자 의사는 나를 SR실로 데려가라고 지시했다. SR실은 환자가 자해할 수 없도록 사지를 침대에 묶는 병실이었다. 아티반과 할돌데카노아스 주사는 환자의 몸에 남아 있는 힘을 완전히 빠지게 했다. 이 처방은 난동을 부리는 환자를 확실하게 제압할 수 있는 방법이었다.

당시, 나는 보름 넘게 밤낮을 가리지 않고 술을 마시다가 EMS 응급구조단 앰뷸런스를 타고 병원으로 이송되었다. 아내와 이제 막 성년이 된 딸의 동의로 입원이 결정되었다. 의사의 처방대로 주사를 맞자마자 내 어깨가 늘어뜨려졌다. 어깨를 늘어뜨린다는 것은 온몸의 힘이 빠졌다는 것을 보여주는 징조였다. 건장한 남자 둘이 축 처진 나의 양쪽 팔을 잡아 엘리베이터에 올라탄 뒤 칠 층 병동으로 끌고 갔다. 칠 병동 요양보호사들은 만취하여 정신을 차리지 못하는 나를 병동 SR실에 넣어 사지를 침대에 묶었다.

꿈에 나오는 검은 옷을 입은 여자는 조순이, 수니 씨였다. 칠 년 전, 나는 수니 씨에게 두 달 동안 감금된 적이 있었다. 그녀는 나보다 열 살이나 적었다. 나는 그녀를 수니 씨라고, 수니 씨는 나를 기분 내키는 대로 불렀다. 당신이라고 불렀다가 기분이 나쁘면 야! 하고 외쳤다.

　수니 씨는 기분에 따라 천당과 지옥을 오간다고 말하는 조울증 환자인데다, 조현병 그리고 알코올중독자였다. 그녀는 흥에 겨워 조증을 보이다가 느닷없이 우울해졌다. 우울한 상태가 되면 누구와도 눈을 마주치지 않았다. 철창에 덧대어진 유리창에 이쪽저쪽 얼굴 볼을 부비며 키득키득 웃다가, 거울 앞에서 눈물 흘리기를 몇 시간씩 하곤 했다. 한번은 돈가스와 함께 나온 스테인리스 칼을 숨겼다가 화장실에서 손목을 그어 자살을 시도했다. 또 홀 중앙에 있던 바둑알 마흔 개를 삼켜 자살을 시도한 적도 있었다. 결국 이틀 동안 신문지에 변을 보고 나무젓가락으로 뒤져 바둑알 마흔 개를 전부 찾아냈다는 일화가 회자되기도 했다. 폐쇄병동에서 잘 지내려면 고분고분 말을 듣는 게 상책이었다. 독단적인 행동을 하거나 뻗대면 피해가 고스란히 본인의 몫으로 되돌아왔다.

　수니 씨를 처음 만난 곳은 병동 홀 중앙이었다. 나는 쉰 살로 스물아홉 번째 입원한 상태였다. 어느 날 약을 타기 위해 간호사실 앞에 줄을 서 있었다. 그때 그녀가 병실을 나와 줄 제일 뒤로 갔다. 손을 들어 긴 생머리를 오른쪽 귀 뒤로 넘길 때 본 흰 얼굴은 나의 이목을 끌기 충분했다. 딱히 예쁘다고는 할 수 없지만 사르르 마음을 녹이는 깜찍한 보조개와 하얀 피부가 인상적이었다. 그날부터 나는 종일 그녀를 떠올렸다. 특별한 이유는 없었다. 폐쇄병동에 같이 수용되어 있다는 것 말고는 연관이 없는데… 병원생활이 단조로워서 심심한 탓인지도 모를 일이었다.

처음에 나와 수니 씨는 연애 감정이라기보다는 친구 같은 사이였다. 홀 중앙에 있는 소파에서 같이 TV를 보거나, 바깥세상 이야기를 나누며 조금씩 각별한 사이로 변해갔다. 어떤 일을 했고, 어떻게 살았는지 알게 되면서 서로 간에 동질감을 느꼈다. 매일 저녁밥을 먹고 일곱 시가 되면 어김없이 홀 중앙에서 만나 이야기를 나누었고, 서로에 대해 깊숙이 알아가면서 우정인지 연민인지 모를 사이가 되었다.

병동에는 평일마다 두 시간씩 미술 교실, 공예 교실, 노래 교실 수업이 있었다. 정신 병동에서는 이런 수업들을 작업치료요법이라고 불렀다. 특히 미술, 공예 등 손으로 하는 수업 시간이 되면 수니 씨와 나는 나란히 앉았다. 수니 씨는 손재주가 많아서 그림은 물론 공작물도 잘 만들었다. 종이접기도 능해 본인 것을 다 만들고 내 것을 만들어주곤 했다.

나의 아버지도 알코올중독자였다. 아버지는 내가 초등학생일 때 술 때문에 세상을 떠났다. 의사가 판단한 사인은 뇌출혈이었지만, 아버지는 태어나서 한 번도 병원에 가본 적이 없는 사람이었다. 동네 사람들은 사십 대의 나이에 죽은 이유가 보나 마나 술 때문이라고 수군거렸다. 아버지가 죽자, 술을 마실 줄 모르던 어머니까지 알코올중독자가 되었다. 마흔 살의 나이에 남편을 잃고 삼 남매를 키워야 한다는 것에 어머니 또한 마음이 헛헛했을 것이다. 밤마다 조금씩 술을 마시던 어머니도 일 년이 지나자 중독자가 되었다. 그나마 다행인 것은 어머니는 아버지보다 이십오 년이나 더 살고, 술이 아닌 암 때문에 죽은 것이었다.

나도 어려서부터 알코올 문제가 많았다. 중, 고등학생 때에도, 군인이었을 때에도 그랬다. 제대한 뒤에는 마시던 술이 떨어지면, 어머니에게 술을 사 오라고 발길질을 하기도 했다. 술에 취해 넘어져 피를 흘리며 집에 들어가서도 어머니에게 술을 사 오라고 고함을 쳤는데, 아침에 보면 피가 흐르던 상처에 고름이 맺혀 있었다. 그런데도 대충 소독약을 바르고 다시 술을 사러 나갔다. 어머니는 그런 나를 "개차반!, 개 쌍놈!"이라고 욕하고 밥도 주지 않으며 외면했다. 그러면서, 어머니 역시 다른 방에서 술을 마시며 신세 한탄을 했다.

친구의 소개로 아내를 만났을 때, 나는 공무원이었다. 아내는 자신의 남편인 내가 중독에 이르는 심각한 상태라는 것을 알지 못했다. 하지만 결혼 며칠 만에 실체를 알게 되었다. 술에 취해 옆집 담에 오줌을 싼 나에게 그 집 할머니가 꾸중하는 것을 목격했던 것이다. "야! 이놈아! 너희 집 담에다 싸지 않고 왜 우리 집 담에다 싸냐!"고.

나는 술 때문에 면사무소에서 쫓겨났다. 회식 자리에서 면장에게 욕을 퍼부은 사건이 있었던 것이다. 망신당한 면장은 나를 징계위에 회부했다. 이와 비슷한 일로 여러 번 징계를 받았고, 결근까지 잦아지자 결국은 면직 처분되었다. 무직자가 된 내 행동은 점점 이상하게 변했다. 아내가 돈을 주지 않아 술을 살 수 없었던 나는 수 킬로미터 떨어진 길을 걸어서 모르는 사람 결혼식 피로연, 장례식장에 찾아가 술을 얻어 마셨다. 그것도 아니면 시내버스를 타고 해수욕장에 가서 피서객들이 버리고 간 술병에 남아 있는 술을 마셨다. 김빠진 맥주, 태양열에 데워진 소주 등 어떤 술이든 알코올 성분이 남아 있으면 마다하지 않았다. 공직자처럼 말쑥한 복장을 한 채, 노숙인이 하는 행동을 거리낌 없이 했던 것이다. 중독자인 나는 술 충동이 일어나면 참지 못하고 어떤 방법으로든 술을 마셔야 할 정도였다.

그뿐만이 아니었다. 24시 편의점이 없던 시절, 나는 동네 슈퍼가 문을 닫은 새벽이면 슈퍼 부근에 몸을 숨기고 있다가 막걸리 대리점 배달차가 오기를 기다렸다. 막걸리 박스를 가게 앞에 배달하고 차가 떠나면, 허겁지겁 한 통을 훔쳐 마셨다. 그러고는 양손에 두 통을 더 훔쳐서 저수지 둑에 앉아 두 통을 다 마시고 나서야 집으로 돌아갔다.

아내는 이십 년 동안 나를 병원에 입원시켰다가 퇴원시키는 일을 반복했다. 차라리 입원하고 있어야 아내가 돈을 벌어서 아이들을 키울 수 있었다. 아내는 정수기 회사에서 필터를 교체하고 청소해 주는 코디네이터로 근무했다. 나는 돈을 벌어 아이들을 키우는 아내를 고마워하면서도, 입원시키는 순간 아내의 변한 눈빛을 보곤 독한 년! 이라고 욕설을 퍼부었다. 그리고 동네 사람들에게 '현모악처'라고 아내를 나쁘게 말했다.

병원에 갇혀 지긋지긋하게 하루하루를 보내는 사이에도 세상은 팽팽 잘만 돌아갔다. 나쯤, 아니 알코올중독자 전부가 없어도 세상은 잘 돌아갈 것 같았다. 나는 세상의 관심에서 멀어진 채 창밖으로만 꽃과 나무를 바라보며 가족과 세상을 탓했다.

SR실에 들어간 다음 날, 요양보호사들은 나의 사지를 묶었던 끈을 풀고, 홀 중앙으로 끌고 나갔다. 홀 중앙에는 간호사와 보호사가 근무하는 프런트가 있었다. 의사가 간호사가 서 있는 프런트 쪽으로 다가오며 물었다. "이름이 뭔가요? 어떻게 들어왔는지 기억나세요?" 의사는 의례적인 질문을 하며 선 자세로 차트지에 나의 상태를 기록했다.

입원하려면 소지품을 검사했다. 아내가 꾸려준 캐리어에 속옷과 슬리퍼, 세면도구가 들어있었다. 혹시라도 플라스틱이나 쇠로 된 물건이 나오면 압수당했다. 빗도 나무로 된 제품만 사용할 수 있었다. 혁대, 칼, 끈, 손톱깎이, 병따개 그리고 성냥 등이 있으면 빼앗겼다. 이런 도구를 이용해 자살을 시도할 수 있다는 게 이유였다. 티셔츠나 외투, 슬리퍼는 허용되지만, 병원에서 도주할 수 있다는 이유로 바지와 신발을 보관하는 것이 허용되지 않았다. 물론, 휴대폰도 압수당했다. 입원한 뒤 일주일이 지나 알코올 기운이 몸에서 완전히 빠져나가면, 하루에 두 시간이지만 휴대폰을 돌려주었다. 그러면 통화도, 인터넷사용도 허용되었다.

의사, 상담사와 면담하는 의례적인 절차가 끝난 뒤 보호사에게 병실 수칙을 설명받았다. 마침 점심식사 시간이 되었는지 환자들이 복도로 나와 일렬로 줄을 서고 있었다. 보호사는 우선 식사를 마치고 나서 개인 짐을 병실로 옮기자고 했다. 환자복과 이불도 그때 주겠다고 했다. 잠시 뒤, 나는 보호사의 지시에 따라 배식줄에 서기 위해 복도 끝으로 걸어갔다.

그런데 누군가 말을 걸어왔다. "형님! 언제 들어왔어요? 또 뵙네요. 706호로 오세요. 빈 침상이 하나 있어요." 그런데 말을 걸어온 상대가 누구인지 기억나지 않았다. 내가 잘 모르는 표정을 짓자, 그가 미소를 지으며 말했다. "저 명남이예요. ○○병원에서 옆 침대에 있었잖아요." 그제야 "아, 명남이." 하고 그가 생각났다. 명남은 나보다 한 살 어린 조현병 환자이자 알코올중독자였다.

명남은 영등포역 앞에서 노모와 순댓국 식당을 하는 노총각이었다. 예전에 만났을 때 보다 살이 올라 알아보지 못했다. 내가 왜 이렇게 살이 쪘느냐고 묻자 그는 약 때문이라고 했다. 명남은 조현병 치료제인 자이프렉사, 아빌리파이정, 인데놀과 로라반을 먹었다. 원래 백육십삼 센티의 키에 팔십 킬로그램이 넘는 비만인데 이 약을 먹은 부작용으로 식욕이 더 생겼기에 백 킬로그램이 넘는 초고도비만이 되었다는 것이다. 그래서 명남은 걸을 때면 물에 빠진 돼지가 헤엄치는 것처럼 흐느적거리며 뒤뚱거렸다.

나는 보호사에게 이왕이면 706호로 배정해 달라고 부탁해서 명남의 앞자리를 배정받았다. 조현병인 명남은 여자 대통령과 사귄 적이 있다는 망상을 보였고, 가끔은 귀에 나방이 들어가서 윙윙거린다고 호소하기도 했다. 전에 있던 병원에서는 나방을 꺼내 달라고 나에게 숟가락을 가져온 적도 있었다. 그는 환시와 환청 증세를 보이는 딜루전 환자였다.

언젠가는 이런 일도 있었다. 그날, 나는 잠을 자다가 오줌이 마려워 침상에서 일어나려고 했다. 병실 안은 창밖에서 비치는 교회의 십자가 불빛뿐이라 앞이 잘 보이지 않았다. 그런데 명남이 얼굴 바로 위에서 나를 내려다보고 있었다. 깜짝 놀란 나는 황당했고 무서웠다. 명남은 몽유병 증세가 있었다. 그런데도 나는 침상에서 벌떡 일어나며 욕설을 퍼부었다. 그래야만 다음부터는 이런 짓을 하지 않을 것 같았다. "이 새끼야. 이거 미친놈

아냐? 아이고, 미친놈들만 모아놓은 방에 들어온 내가 미친놈이지." 거친 언사에 언성까지 높아 잠을 자던 다른 환자들이 깼고, 한 환자가 병실 형광등을 켰다. 그제야 명남도 가수면 상태에서 깨어났다.

그 일이 있고 난 뒤부터 명남은 미안했는지 나를 형이라고 불렀다. 배식 받을 때나 미술 수업 등 재활교육 때마다 나와 같은 테이블에 앉았다. 그랬던 명남을 병원에서 다시 만난 것이었다. 그를 알아본 나는 반갑게 악수했다. 덕분에 새롭게 만난 환자들과의 어색한 마음이 줄어들었다.

우리 병동에는 일인실인 SR실 한 개와 이인실 두 개 그리고 육인 실 일곱 개의 병실이 있었다. 육인 실 네 개에는 남자들이, 나머지 서 개에는 여자 환자들이 사용했다. 입원환자 중에는 알코올중독자가 절반을 넘었고 조현병 등 다른 환자들도 뒤섞여 있었다. 여자들이 수용된 한 병실에 수니 씨가 있었다.

나는 두 달간의 입원 뒤, 수니 씨보다 일주일 먼저 퇴원했다. 그리고 B시에 있는 집으로 돌아갔다. 지붕을 수리하였지만, 집은 부모님이 살았던 시골집 그대로였다. 웬만한 힘으로는 열 수 없었던 병동 철문이 열리고 퇴원한 뒤의 생활은 단순했다. 집에 있거나 교회에 나가는 것 말고는 정해진 일과가 없었다. 매일 교회에 나가 술에 취해 남에게 해를 입힌 죄를 고하고 회개했다.

어느 날, 교회를 나와 둑길을 걸어 집으로 가는 길에 휴대폰 진동이 울렸다. 수니 씨가 퇴원했다며 D광역시에서 만나자는 전화였다. 나는 반가운 마음에 부리나케 집으로 돌아와 양복으로 갈아입고 집을 나섰다. 그런데, 수니 씨는 만나자마자 나에게 동거를 제안했다. 중학생이었던 열네 살 때 자기를 성폭행한 목사를 찾아가 돈을 뜯어오겠으니, 그 돈으로 집을 구해서 같이 살자는 것이었다. 그러더니 수니 씨는 나에게 모텔로 가자고 했다. 나는 무엇에 홀린 사람처럼 수니 씨를 따라갔다. 이성적으로 판단해야 한다는 마음보다 당장 욕구가 컸다. 짧은 치마를 입고 껌을 씹으며 커피숍에 나타날 때부터 이미 수니 씨는 나에게 추파를 던지고 있었다. 수니 씨는 병원에 있을 때도 스스로를 애교가 넘치는 사람이라고 자랑했었다. 어떤 남자든 섹스 기술은 자신 있다고도 했다.

모텔 방문을 열자마자 말없이 서로 입술을 탐했다. 긴 키스가 이어지면서 각자가 자기 옷을 벗어 던졌다. 첫 섹스는 순식간에 끝났다. 하지만, 십여 분이 지나자 성기가 다시 발기했다. 이번에는 집요하게 수니 씨의 몸을 탐했다. 수니 씨를 만족시키고야 말겠다는 각오로 덤벼들었다. 당시, 나는 아내와 섹스를 안 한 지 이 년이 넘어서고 있었다. 아내는 알코올중독자인 나를 폐인처럼 취급해왔다. 두 아이의 아버지가 아니었다면 아내에게 이미 버림

받았을지도 모를 일이었다.

두 차례 섹스가 끝난 뒤, 모텔 프런트로 전화를 걸어 술을 시켰다. 만원이면 맥주 세 병과 마른안주가 나왔다. 술을 가져온 모텔 종업원에게 슈퍼에서 소주를 사다 달라고 부탁했다. 남는 돈은 가지라는 말에 종업원이 술을 사 왔다. 나와 수니 씨는 소주와 맥주를 섞은 '소맥'을 마시면서 몇 차례 더 섹스를 했다.

다음 날, 수니 씨는 모텔에서 기다리라는 쪽지를 남기고 외출했다. 침대 밑에 소주와 새우깡, 육포를 사놓았다. 술을 마시다가 자다가를 반복하는 사이, 수니 씨가 모텔로 돌아왔다. 설마 했는데 진짜로 천만 원을 들고 온 것이었다. 목사에게 돈을 안 주면 락카스프레이로 교회 담벼락에 성폭행범이라는 낙서를 하겠다고 협박해서 받아온 돈이었다.

그때부터 나는 수니 씨에 의해 두 달 동안 감금되었다. 충동적으로 동거하기로 동의한 것이 신체적 자유를 빼앗기는 결과를 만들었던 것이다. 함께 술을 마시고 섹스를 하면 행복할 거라는 마음으로 시작된 동거는 스티븐 킹의 소설 '미져리'처럼 감금으로 변했다. 동거를 시작하자, 수니 씨는 내 휴대폰을 빼앗아 부엌에 있는 찬장 안에 넣었다. 수니 씨는 나에게 앞으로 자기가 먹여 살리겠으니 아무 걱정 말고 지내라고 했다. 나는 그제야 수니 씨가 나를 가스라이팅할 정도로 고도의 두뇌를 가진 여자라는 걸 알게 되었다. 나는 감금된 내내 외부와 연락할 길이 없었다. 수니 씨는 나를 방안에 가두고 방문 경첩에 무거운 자물쇠를 잠그고 외출했다.

　이유는 모르겠지만, 수니 씨의 옷은 대부분 검은색이었다. 외출할 때는 물론 집에서도 검은색 옷만 입었다. 방문밖에 두 평 정도의 부엌이 있고 다시 현관문이 있었다. 현관문에도 이중으로 자물쇠를 채우고 외출했기에 탈출을 하려면 두 개의 잠금장치를 부수어야 했다. 다행스러운 것은 수니 씨가 외출할 때마다 매일 방안에 소주 다섯 병을 넣어준다는 것이었다. 당시, 나에게 술은 생명을 이어가는 동아줄이나 마찬가지였다. 술만 있으면 느긋해지고 안심되었다. 중독자는 술만 있으면, 다른 사람이 아파트를 소유하거나 차를 가진 기분처럼 행복감을 느꼈다. 그렇게, 나는 술을 마시다가 잠이 들고, 깨서 또 마시는 일상을 반복했다.

　방에는 한쪽에 스테인리스 요강이 있고, 십사 인치 구형 텔레비전과 이불 그리고 냉동실과 냉장실 문이 하나로 되어 있는 작은 냉장고가 있었다. 방 윗목에는 밥상 겸용으로 쓰는 좌식 책상이 있었다. 책상 위에는 속옷과 양말이 개어져 있고, 내가 가방에 넣고 다니던 성경책이 올려 있었다. 요강의 배설물을 빼면 방안은 깔끔하게 정리되어 있는 편이었다.

　자다 깨기를 반복하며 술을 마시는 중독자에게 낮과 밤을 구별하는 것은 힘든 일이었다. 나는 휴대폰을 빼앗긴 데다 벽시계도 없었기에 시간을 분간하기 어려웠다. TV도 공중파 방송만 나와서 오후 다섯 시 반이 되어야 볼 수 있었다. 창문 밖을 통해 들어오는 햇볕의 양으로 대충 시간을 짐작할 수 있었지만, 반지하 방이라 볕도 잘 들지 않았다. 그래서 동굴에 갇힌 것처럼 형광등 불빛 아래에서 꼼짝없이 갇혀 지내는 나날이었다.

며칠 지나지 않아 나는 계획적으로 납치되었다는 것을 깨달았다. 하지만 벗어날 방법이 없었다. 언제나 알코올 기운에 젖어 정신이 혼미했고 몸이 노곤했다. 옳은 판단을 내릴 수 있게 제정신을 차리지 못했다. 방을 얻은 다음부터 수니 씨는 나와 섹스를 거부했다. 수니 씨는 섹스를 진짜로 즐기는 사람이 아니었다. 어쩌면 불감증을 가진 사람일 수도 있었다. 어린 시절 성폭행을 당한 나쁜 기억 때문일 것이었다. 나를 감금하기 위한 목적이 아니라면 처음부터 섹스를 하지 않았을 수도 있었다. 어쨌든, 수니 씨는 나와 같은 이불 속에서 잠을 잤지만, 살이 부딪치지 않도록 등을 돌리고 웅크린 자세로 잤다. 그러나 다른 면에서는 진짜 아내처럼 굴었다. 매일 나를 위해 술상과 밥을 차려놓고 외출했고, 설거지는 물론 방바닥도 말끔히 청소했다.

나는 늘 술에 취해 밥을 먹고 배설했다. 만취해 식이장애를 일으켰을 때는 먹은 음식을 입으로 토하는 일도 많았다. 안주를 잘 먹지 않아서 하루에 다른 사람 한 끼도 안 되는 밥으로 간신히 목숨을 이어갔다. 아내에게서 많은 전화가 왔을 터이지만, 수니 씨가 휴대폰을 부엌 찬장에 놓아 받을 수 없었고 외부와 연락할 어떠한 방법도 없었다. 나중에 알았지만 당시 수니 씨는 내 전화에 저장된 아내, 딸 그리고 동생, 누나, 제수씨 전화번호를 눌러 통화를 시도했었다고 했다. 돈을 부치지 않으면 나를 돌려보내지 않겠다고.

나는 동거를 시작하고 한 달까지 수니 씨의 잔혹성을 알지 못했다. 머리맡에 술과 안주를 두고 외출하는 수니 씨와 사는 것에 어느 정도 만족하고 있었다. 수니 씨가 없어도 술을 먹을 수 있어 좋았고, 누구에게도 간섭받지 않고 마셔서 좋았다. 술만 있으면 근심을 잊고 만족을 느끼는 하루하루였다.
어느 날, 외출에서 돌아온 수니 씨가 나에게 말했다. "당신, 이 남일녀가 맞아요?" 나는 술에 취해 남동생이 하나 더 있었지만, 돌이 되기 전에 죽었다고 했다. 수니 씨는 돈을 갈취할 대상자로 가족 수를 물은 것이었지만, 나는 수니 씨가 나를 측은하게 생각한다고 여기고 대답한 것이었다. "남동생 부부가 둘 다 공무원이라고 했지요?" 나는 고개를 끄덕이면서 "당신은 정말 기억력이 좋아." 하고 대답했다.
나는 수니 씨가 외출하는 이유를, 어디로 가는지를 알지 못했다. 직장이 생겨서 외출하는 것은 아닌 것 같았다. 수니 씨가 외출에서 돌아와 함께 술을 마실 때마다 많은 이야기를 나눴지만, 수니 씨는 밖의 일을 말하지 않았다. 당시, 수니 씨는 말이 적어지는 우울 증세를 보일 때가 상대적으로 많았다. 그런 분위기에 맞추어, 나는 만취해 있다가도 수니 씨가 돌아올 때가 되면 마시는 양을 줄였다. 조금이라도 정신을 차리고 있어야 구박받지 않을 것 같았다. 바깥 시간을 가늠할 수 없었지만, 반지하 방으로 들어오는 볕의 양으로 시간을 짐작해 마시는 술의 양을 조절하려고 노력했다.

그랬는데, 동거를 시작한 지 한 달쯤 지난 어느 날, 나는 처음으로 수니 씨에게 두들겨 맞았다. 나무로 된 빗자루로 스무 대쯤 맞고 나서야 수니 씨가 무서운 여자라는 것을 알게 되었다. 술에 취해 맞지 않았더라면 통증 때문에 비명을 질렀을 것이다. 술은 공포심도 줄어들게 했지만, 통증도 반감시켰다. 요강이 넘치게 대변을 봐서 뚜껑이 잘 안 닫힌다는 게 수니 씨가 화를 낸 이유였다. 냄새가 원인이었다. 수니 씨는 "처먹고 싸는 것 말고는 쓸모없는 인간아!" 하고 고함을 질렀다. 그러면서 어깻죽지와 팔뚝 그리고 엉덩이와 허벅지를 마구잡이로 때렸다. 저항하려고 했지만, 힘이 남아 있지 않았다. 술에 취해 비틀댈 뿐, 나는 빗자루를 피하지 못하고 흠씬 맞고야 말았다. 나중에 알았지만, 처음 매를 맞은 날은 나의 가족에게 전화를 걸어 돈을 뜯어내려다가 실패한 날이었다. 하지만, 그때는 왜 맞는지, 왜 이 정도로 화를 내는지 몰랐다. 진짜로 똥을 많이 눠서 혼나는 것이라고 생각했다. 그래서 다음부터는 먹는 식사량을 줄이겠다고 말했다. 반드시 대변량을 줄이겠다고.

어느 날, 집으로 돌아온 수니 씨는 중학생일 때 목사에게 성폭행 당했던 얘기를 꺼냈다. 이미 병원에서 수니 씨가 보육원에서 컸고, 열 살에 입양되었던 얘기를 들었었다. 그렇지만 입양한 사람이 목사 부부인 것은 그날 처음 들었다. 목사는 아들만 둘이었다. 수니 씨는 열세 살 중학교에 들어갔을 때부터 목사의 둘째 아들에게 지속적으로 성추행을 당했다. 수니 씨보다 두 살 많던 둘째 아들은 수니 씨의 가슴을 만지고 아랫도리에 보송보송 돋아난 솜털을 더듬었다. 만지거나 입을 맞추는 키스가 전부였지만, 수니 씨는 둘째 아들을 마주 보면서 식탁에 앉아 밥을 먹는 게 고통스러웠다고 했다. 목사의 부인인 새어머니는 그래도 착한 사람이었다. 수니 씨를 친딸처럼 살갑게 돌보아 주었다. 그래서 수니 씨는 둘째 아들의 행위를 받아들이고 비밀로 간직해야 새어머니에게 좋은 딸이 되는 거라고 생각했다. 그러다가 육 개월쯤 지나 목사가 교회 무대 뒤에 있는 성가대 대기실로 수니 씨를 불렀다. 그때부터 이년 뒤 가출할 때까지 목사의 성폭행이 계속되었다.

수니 씨는 집요했다. 나의 가족에게 여러 번 전화를 걸어 돈을 요구했지만, 아내와 가족 누구도 수니 씨에게 돈을 주지 않았다. 인질극을 벌여봤자 아무 소용이 없었던 것이다. 우리 가족은 수십 차례 입원하며 가족의 속을 썩인 알코올 중독자에게 돈을 줄 만큼 마음이 따뜻하지 않았다. 게다가 아내는 넉넉한 형편도 아니었다. 어쩌면 내가 어디 가서 죽기를 바랄 수도 있었다. 아내와 동생, 누나까지 돈을 지불할 의향이 없는 것을 확인한 수니 씨는 나를 때리는 것으로 화를 풀고 있었던 것이다. "당신 마누라는 당신을 찾지도 않네. 사라진 지 한 달이 넘었는데도 실종 신고도 안 하네?" 나는 수니 씨가 돈을 뜯으려고 하는 줄도 모르고 "오죽하면 그러겠어. 당신 같으면 나 같은 남편을 데리고 살고 싶겠어?" 하고 술김에 대꾸했다. 수니 씨는 우리 가족을 한심한 집안이라고 욕하면서 때렸다.

  수니 씨는 술에 취하면 휴대폰을 꺼내 트로트 노래를 틀었다. 우울할 때마다 '동백 아가씨'와 '옥경이'라는 곡을 즐겨들었다. 가녀리고 구성진 가수의 노랫소리는 나까지 우울하게 만들었다. 수니 씨의 우울증이 노래 가사로 이어져 나에게 전염되고 있었다. '그리움에 지쳐서 울다 지쳐서~' 가사가 심금을 울렸다. 나는 노래를 들으면서 외로움을 느꼈다. 아내와 아이들이 그리웠다. 집으로 돌아가고 싶었다. 수니 씨 손아귀에서 벗어나고 싶었다. 갇혀 지내는 동안, 이미 추석이 지나 초겨울이 되었을지도 모를 일이었다.

추위가 다가오는지 수니 씨가 보일러를 틀어주고 외출했다. 나는 그녀가 밖에서 무엇을 하고 다니는지 여전히 알지 못했다. 매일 요강에 배설하며 소량의 안주만으로 날마다 다섯 병의 소주를 마셨다. 중독 증세는 날로 심해졌다. 손이 떨려 젓가락을 쓸 수 없을 지경이라 작은 잔으로는 술을 마실 수 없었다. 수전증으로 잔을 두 손으로 들어도 반 넘게 흘릴 정도였다. 몸은 기진해 있었고 동공은 풀려 있었다. 그런데도 나는 거의 안주를 먹지 않았다. 안주로 배를 채우면 그만큼 술을 넣을 위장 공간이 줄어든다고 생각했고, 안주로 배를 채우는 것이 손해 보는 느낌이었다. 다른 일은 손해를 봐도 괜찮은데, 술을 넣을 위장 공간이 다른 거로 채워지는 게 싫었다. 어느 날은 멸치 한 마리를 안주로 소주 다섯 병을 마셨다. 다른 날은 다시마 한 조각으로 안주를 대신했다.

먹은 게 없으니, 배변 장애가 생겼다. 오줌이 마려워도 나오지 않았다. 병원에 있을 때, 어떤 환자가 오줌이 나오지 않는다고 이뇨제를 처방해 달라고 했던 기억이 났다. 그 환자처럼, 나는 중증 중독자가 되어가고 있었다. 사타구니를 요강에 대고 아무리 힘을 줘도 오줌이 나오지 않았다. 어쩌다 나오더라도 오줌발이 가늘고 찔끔 나오다 말았다. 먹은 것이 없으니 대변을 보는 일 또한 장애가 생겼다. 변을 보려고 요강에 앉아 힘을 주면, 항문은 찢어질 듯 아프지만 나오는 것은 거의 없었다.

언제부터인지 환청도 들리기 시작했다. 정신병원에 있으면서 다른 환자들이 환청이나 환시, 환촉 망상을 경험하는 걸 보았다. 나는 망상 환자를 보면서 남의 일이라고 생각했었다. 그러다가 직접 경험하기는 처음이었다. 처음에는 귀에서 모깃소리처럼 작은 소리가 들렸다. 그러더니 사이렌 소리가 되었다. 다음에는 메가폰 소리처럼 커졌다. 멈추었다가도 몇 분이 지나면 다시 시작되었다. 어떨 때는 나방이 날아가는 것 같은 소리였다가 나팔 소리처럼 큰 진동음이 되었다. 그 소리가 끊어졌다 이어지기를 반복했다. 한번 시작되면 몇 분간 끊이지 않았다. 귀를 틀어막아도 아무 소용이 없었다. 환청이 들리자, 이렇게 계속 술을 마시다가는 죽을지도 모른다는 공포가 밀려왔다. 죽음에 대한 공포 때문인지 꿈에 시체가 보이기도 했다. 명남이 환청을 들으며 했던 말들이 생각났다. "누가 나를 계속 따라와, 귀에 나방이 들어갔나 봐. 윙윙거리다가 죽어! 죽어! 하고 나방이 말을 해."

집으로 돌아가고 싶었지만, 방법이 없었다. 나는 계속 갇혀 지내다가는 명남처럼 진짜 미친 사람이 될 것 같은 공포감을 느꼈다. 도망을 치려면 누군가의 도움이 필요했다. 하지만, 밖에 지나가는 사람이 있는지 도무지 알 수 없었다. 창문의 윗부분만 햇볕이 들어오는 반지하 방이었고, 창문에 철망으로 섀시가 달려 있었다. 외딴집인지 지나가는 사람의 인기척도 없었다. 이사 오는 날도 술에 취해 있었기에 여기가 어딘지, 어떤 동네인지 알 수 없었다. 살려달라고 소리를 질러봤자 들을 사람이 없을 것 같았다. 간혹 길고양이 그림자가 창문 밖에 비치는 것 외에는 어떤 기척도 없었다.

  두 달 가까이 매일 술을 마셨더니 몸이 말이 아니었다. 초췌하고 깡마른 몰골보다 더 큰 문제는 눈에 초점이 없다는 것이었다. 계속 마시다가는 죽을 것 같았다. 영양실조는 기본이요, 뇌 속까지 술에 젖어 모든 기억을 잃을 것 같았다.

  이름이 무엇인지 많은 걸 잊고 입원했던 알코올중독자 변 씨의 모습이 떠올랐다. 변 씨는 사십 년간 백 번 넘게 입원한 사람으로 내가 생각하기에 최고 수준의 중독자였다. 팔 초에 소주 한 병을 마셔서 회식 자리에서 일등을 했다고 자랑하던 노인이었다. 그는 입원 횟수는 대충 기억했지만, 다른 기억은 가물가물했다. 가끔은 본인의 이름을 잊어 침대에 걸린 이름표를 확인하면서 이야기를 했다. 변 씨는 조금씩 기억을 잃어가는 베르니케 코르사코프 증후군을 앓고 있었다. 이 병은 알코올중독과 영양실조를 가진 사람에게 주로 나타나는 병이었다. 변 씨는 근육 없이 뼈만 남아 백칠십 센티가 넘는 키에도 사십 킬로그램의 체중을 가지고 있었다. 특히 장소를 혼동하곤 했는데 감금되었을 당시, 내가 그랬다. 감금되었다는 현실을 잊고 병실에 있는 걸로 착각하거나 가족과 지내던 집의 방과 헷갈리는 일이 있었다. 아들 이름이 생각나지 않거나 공무원 생활을 했던 ○○읍, ○○면의 지명이 생각나지 않는 일이 잦아졌다. 변 씨처럼 중증 중독자가 될지도 모른다는 생각이 들면서 죽음에 대한 두려움이 밀려들었다.

두 달이 되어가면서 꿈에 수니 씨가 나타나기 시작했다. 나는 감금된 상황에서 도망치려고 몸부림쳤다. 도망가야만 살 수 있을 것 같았다. 하지만, 언제나 방도를 찾지 못하고 잠에서 깨어났다. 땀에 젖어 우두커니 앉아서 흐느꼈다. 코를 골며 옆에서 자고 있는 수니 씨가 들을까 봐 소리 없이 눈물을 흘렸다.

도망치려고 마음먹은 적도 많았다. 술 마시는 것을 멈추고 감금된 방 앞으로 지나가는 사람을 기다려보거나 다른 방법을 찾아야 했지만, 술을 마셔야 불안한 마음이 사라졌다. 당장 두려움에서 벗어나기 위해서는 술을 마시는 것이 가장 손쉬운 방법이었다. 도망쳐야 살 수 있다는 생각은 술을 마시고 싶다는 갈망 앞에서 무너졌고, 뒷전이 되었다. 조금씩 중증중독자가 되어가고 있었다.

그러던 내가 감금에서 벗어난 것은 우연이자 요행이었다. 어느 날, 수니 씨는 나의 딸에게 전화했다. 이제 막 성년이 되었을 재수생 딸에게 수니 씨가 돈을 달라고 전화한 것은 조금 의외였다. 하지만, 아내는 물론 누나나 동생도 협박성 전화에 반응하지 않기에 돈을 벌지 못하는 딸에게까지 전화한 것이었다. 그런데 수니 씨 전화를 받은 딸은 똑똑했다. "아줌마, 영상통화로 걸어주세요, 아줌마가 우리 엄마보다 예쁜지 확인해야겠어요, 만약에 우리 엄마보다 예쁘면 엄마에게 돈을 부쳐주라고 할게요, 아빠가 행복을 찾아 미녀에게 갔다고 생각할게요, 사실 우리 집에 아빠가 돌아오기를 바라는 사람은 아무도 없어요." 딸은 영특했다. 수니 씨의 손에 들린 휴대폰 액정으로 스쳐 지나가는 영상을 확인했다. 그러다가 영상에서 ○○문구점 간판을 보았다. 수니 씨가 통화하면서 걷는 것을 확인하고 문구사에서 집에 도착하는 도보 시간을 쟀다. 그렇게 문구점과 집과의 거리를 추측했다.

경찰관 둘과 아내 그리고 스무 살 딸이 나를 찾아왔다. 현명한 딸 덕분에 휴대폰 영상을 통해 수니 씨의 얼굴이 노출되었고, ○○문구점을 인터넷에서 조회하여 D광역시의 인적 드문 뒷골목 반지하 방을 찾은 것이었다. 수니 씨가 외출에서 돌아오는 시간대에 근처에서 잠복한 아내와 딸은 수니 씨를 미행했다. 그렇게 내가 감금된 집을 찾게 되었다. 곧이어 아내와 딸은 경찰을 불렀고, 나를 구하는 데 성공했다. 결국, 수니 씨는 감금죄와 가혹행위로 인한 불법가중특수감금죄가 적용되었다. 협박죄도 포함되어 현장에서 체포되어 유치장에 구금되었다.

나는 아내와 딸 덕분에 무사히 집으로 돌아왔다. 다행인 것은 멍든 상처 말고 다친 데가 없다는 것이었다. 나는 자유를 얻었다. 앞으로는 누군가에 의해 갇히는 것을 경험하고 싶지 않았다. 정신병원에 갇히는 것도 마찬가지였다.

나는 긴 잠을 자고 일어나 혼자 밥을 차려 먹었다. 아내는 회사에 나갔고, 딸은 D광역시의 재수학원에 갔다. 고등학생 아들은 저녁이 되어야 집으로 돌아올 것이었다. 밥을 먹은 나는 일기장을 펼쳐 놓고 '죽을 때까지 술을 마시지 않겠다. 죽어서도 술을 먹지 않겠다. 나중에 제사상에 술 대신 사이다를 올려 달라고 유언을 남길 것이다.' 하고 적었다. 술만 마시지 않으면, 모든 것이 제자리로 돌아올 것 같았다. 가족도 친구도 돌아오고 술 때문에 잃었던 신뢰를 회복할 수 있을 것 같았다. 노력한다면 일자리도 구할 수 있을 거였다. 나는 막노동을 해서라도 가장의 역할을 하겠다고 다짐했다.

수니 씨의 1심 선고 공판이 열렸다. 나는 피해자이자 증인으로 재판에 출석했다. 체포와 감금의 죄는 형량이 무거웠다. 나는 증인석으로 나가 질문을 받았다. 증인석에서 내려오는데 눈을 마주치지 않던 수니 씨가 나를 뚫어져라 쳐다보고 있었다. 눈이 마주친 순간, 나는 그녀가 가엾다는 생각이 치밀었다.

법정에서 가해자 진술을 통해 알게 된 사실이 있었다. 나를 감금하고 매일 외출했던 이유였다. 그녀는 매일 보육원에 가서 자원봉사로 설거지 등 궂은일을 해왔던 것이다. 나는 그녀에게 애증의 감정을 느꼈다. 돈이 필요해서 우리 가족에게 사기를 치려고 했지만 불쌍하고 외로운 사람이라는 생각이 들었다. 알코올중독자였던 부모를 가진 나는 고아로 자란 그녀보다 운이 좋은 사람이었다. 그녀를 위해 무엇이든 하고 싶어졌다. 그게 사람의 도리이자 질긴 인연을 끊어내는 마지막 선물일 것 같았다. 등을 돌려 판사를 바라보고 말했다.

"제가 한마디 해도 되나요?" 다행히 판사는 허락했다.

"저와 조순이 씨가 만난 곳은 정신병원입니다. 술을 마시지 않고 지내던 병원에서 저와 조순이 씨는 아무 문제가 없었습니다. 오히려 행복했습니다. 저 여인이 돈을 갈취하려고 한다든지, 폭력을 행사한다든지, 나쁜 마음을 먹었을 때는 아마, 술기운이 남아 있는 상태였을 겁니다. 술은 마음을 마비시킵니다. 천사 같은 사람도 술을 마시고 중독자가 되면, 악마처럼 변해 갑니다. 술김에 나쁜 마음을 먹은 조순이 씨에게 최대한 형량을 낮추어 선고해주시길 진심으로 바랍니다." 수니 씨는 징역 3년을 선고받았고 C여자교도소에서 복역했다. 특수감금죄가 적용되어 형량이 가중되었음에도.

징역 3년의 형량은 판사 나름으로는 최대한 선처한 선고였다. 나는 그녀의 소식을 거기까지 알고 있다. 만기 출소했겠지만, 그녀는 나에게 연락하지 않았다. 나 또한 연락할 마음이 없다. 그래서 지금 그녀가 어디에서 무엇을 하며 어떻게 사는지 전혀 모른다. 시간이 지나면서 점점 그녀에 대한 기억이 희미해지고 있다.

그런데도 나는 간혹 꿈에서 그녀를 만난다. 칠 년 동안 한 잔의 술도 마시지 않고 살아왔지만, 중독자라는 멍에가 평생 따라다니는 것처럼. 지금의 나는 환청 증세가 없어졌고, 기억력도 좋아지고 있다. 술을 끊어냈더니 많은 것이 제자리를 찾고 있다. 품을 떠났던 가족과 친구도 돌아오고, 백반집도 문제없이 운영하고 있다. 하지만, 분명한 것은 술에 얽힌 기억들은 사라지지 않는다는 거다. 그 기억들은 영원히 눈물이 되어 흘러내릴지도 모를 일이다.

〈한국소설신인상 수상작〉

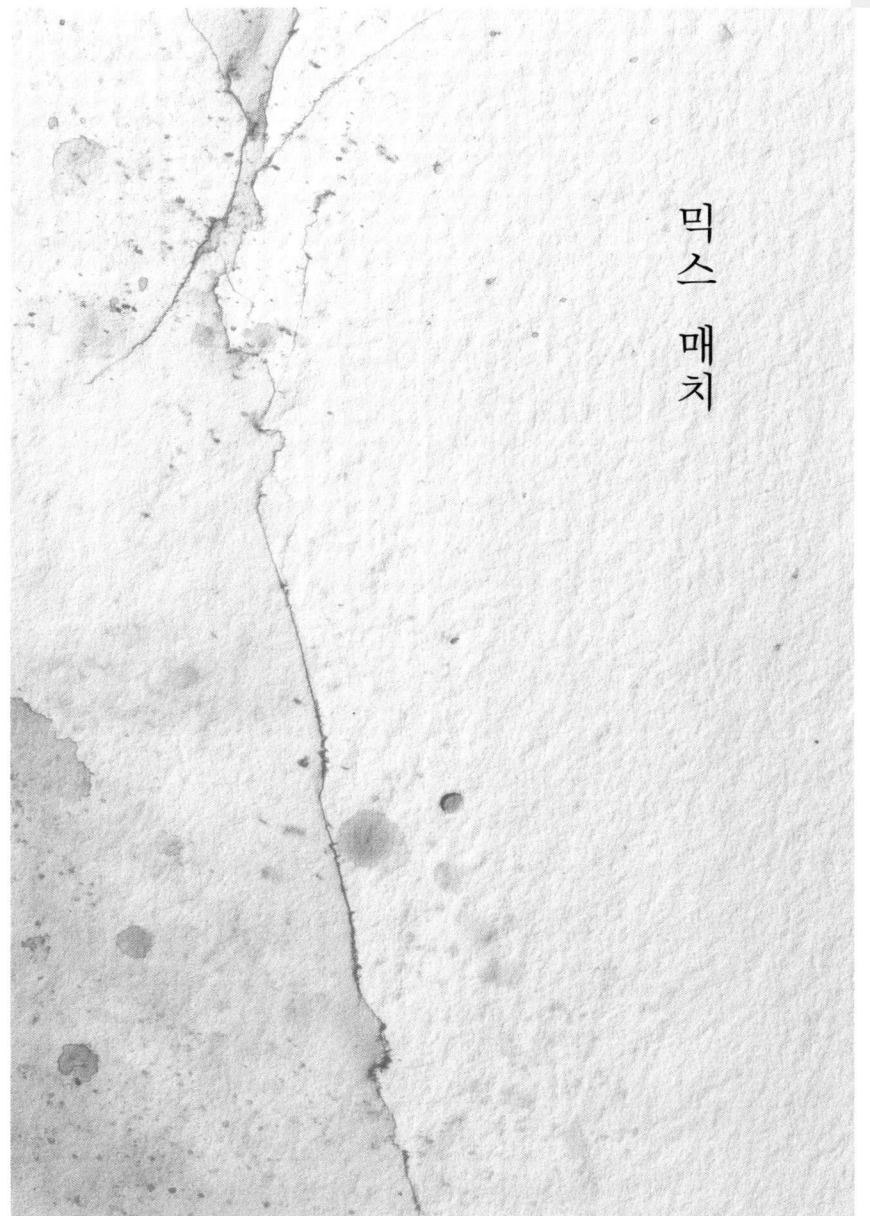

믹스 매치

나는 매일 주인 이불을 덮고 잘 정도로 운을 타고 났다. 각방을 쓰는 아저씨 이불은 트리하우스처럼 요새 같은 공간이다. 나는 코일이 요철처럼 촘촘히 깔린 전기요와 따스한 온기를 보듬고 있는 솜이불을 덮는 호사를 누린다. 게다가, 나는 이불속에서 아저씨 팔뚝을 마음껏 핥는다. 숨쉬기가 답답해 이불 밖으로 머리를 꺼내면, 아저씨는 얼른 팔베개를 해준다. 그러면, 나는 아저씨 팔뚝에 목을 괸다. 어쩌다 내가 하품을 하면, 아저씨는 등을 쓰다듬어준다. 그러면 몸의 긴장을 풀고 한없이 편해진다. 가끔, 아저씨는 팔이 저리다고 투덜대면서 팔베개를 풀고 돌아눕는다. 그러면, 나는 지체 없이 아저씨 등에 몸을 맞댄다. 그러면, 아저씨와 체온이 오가며 금세 따뜻해진다. 나는 강아지다. 지금부터 푸념이자 하소연을 뱉어보려고 한다.

*

 우리 집에는 나 말고 다른 개도 있어요. 수컷인 나는 '마롱', 그녀는 '몸이'라는 이름을 가졌어요. 몸이는 이년 전, 유기견 보호소에서 주인부부가 입양했대요. 몸이는 두 번째 견생(犬生)을 사는 격이라서 '몸이(二)'라는 이름으로 지었다고 해요. 내 이름 '마롱'은 프랑스어로 밤이라는 뜻인데, 밤색 털을 가졌다고 아저씨가 마롱이라 이름을 붙였대요.
 나는 물론, 몸이도 중성화 수술을 해서 생식력이 없어요. 당연히 우리는 부부가 아니지요. 게다가 나는 한 살, 몸이가 열두 살이에요. 개 나이로 따지자면 어린아이와 할머니가 되는 셈. 우리는 다툴 때도 있지만, 시간이 지나면 언제 그랬냐는 듯 서로 의지하며 지내요.
 나는 '말티푸'로 불리는 믹스견이에요. 말티즈 아빠와 푸들 엄마 사이에서 태어났어요. '순산캔넬'이라는 간판이 붙은 개 사육 농장이었어요. 보통, 개들은 자기 아버지를 모르는 경우가 많지만, 나는 누가 아빠인지 짐작할 수 있었어요. '누리'라고 불리는 말티즈였어요. 누리는 뱃살 속으로 고추가 말려 들어가 있는 데다가 몸집이 작아 볼품이 없었고, 꼬리도 아래로 늘어져 있었지요. 하지만, 누리는 눈부시게 하얀 털을 가졌지요. 그래서 누리의 정자를 받아 태어난 강아지들은 전부 잘생겼대요. 나는 태어나자마자 알 수 있었어요. 쇠줄에 묶여서 종일 나를 애틋하게 바라보는 누리가 아빠라는 걸.

나를 포함해 일곱 마리가 엄마 젖을 빨았어요. 그렇지만, 우리는 엄마 뱃속에서 몇 번째로 나왔는지, 누가 형이고 누나인지 몰랐어요. 엄마조차도 순서를 제대로 몰랐지요. 농장 주인이 암컷 넷에 수컷 세 마리라고 말한 걸 들은 게 전부여서, 그제야 나는 일곱 남매라는 걸 알게 되었어요.

어미젖을 뗄 무렵이 되어서야 알았어요. 내가 모카색 털을 가진 수컷이라는 것을. 어느 날, 농장 주인이 훈련사에게 말하는 소리를 들었지요. 모카색, 목부터 가슴까지 흰 줄이 있는 네 마리는 백만 원 밑으로 팔면 안 되는 최상품이라는 말을. 그렇게 흰 줄이 있는 나는 농장에서 귀한 대접을 받았고, 엄마도 그 사실을 아는지 젖을 먹일 때마다 더욱 정성스럽게 내 이마를 핥아 주는 것 같았어요.

그러다가 별안간 엄마와 헤어졌어요. 태어난 지 오십 일쯤 되는 날이었어요. 유난하게도 새벽까지 함박눈이 내렸던 날 아침, 나는 트럭에 실려 농장을 떠났어요. 엄마와 헤어지기 싫어 짖어도 소용이 없었어요. 농장 주인은 나를 번쩍 들어 차에 태우곤 어디론지 떠났지요. 엄마와의 이별이 그렇게 느닷없이 이루어졌어요.

 그날 아침, 분위기가 이상하긴 했어요. 엄마가 눈물을 머금은 채 나를 바라보았고, 먼발치에 있던 누리도 쇠줄에 묶인 채 제자리를 빙글빙글 맴돌았어요. 엄마는 일 년마다 기계처럼 새끼를 낳는 출산 전문견 즉, 씨받이 신세였지요. 농장 주인은 아침부터 엄마와 내가 단둘이 시간을 보낼 수 있도록 배려해 주었어요. 엄마는 배불리 젖을 빨아 먹을 수 있도록 옆으로 누워 젖꼭지를 드러냈고, 젖을 빠는 내내 내 머리를 핥아주었어요. 그때 나는 어디론가 떠나게 될지도 모른다는 생각이 들었어요. 며칠 전, 트럭에 실려 어디론가 사라진 코카 스파니엘 남매들이 기억났기 때문이지요. 그들을 보면서 나도 곧 엄마와 헤어지게 될지도 모른다고 생각했었어요. 그 코카 스파니엘 남매는 나보다도 늦게 태어났거든요.

 나는 트럭에 실려 '착한 애견 분양'이라는 간판이 붙은 가게에 넘겨졌어요. 농장 주인은 나를 가게 주인에게 넘기고 말도 없이 돌아갔어요. 농장 주인이 떠나자 가게 주인은 나를 철망으로 된 케이지에 넣었고요. 그러면서 가게 주인은 테이블에 앉아있는 직원을 향해 말했어요.

 "받아 적어! 말티푸 수컷, 모카색, 이백 그램, '순산캔넬' 혈통 증명서 있음, 백칠십만 원, 가격 조정 불가, 케이지에 태그 붙여."

가게에는 철망으로 만들어진 케이지가 오 단으로 쌓여있고, 단마다 수십 개씩 케이지가 다닥다닥 붙어있었어요. 나는 안이 잘 보이는 도로변 케이지에 넣어졌어요. 비싼 강아지일수록 사람들 눈에 잘 띄는 케이지로 들어가 행인들의 구매욕을 자극시킨다는 걸 나중에 알게 되었지만요.

나는 불안했어요. 처음 보는 가게 주인이 배를 감싸 케이지에 넣는 순간, 나는 죽을지도 모른다는 생각이 들었어요. 다른 남매들을 두고 엄마와 헤어졌기에 나만 버림받았다고 생각했어요. 겁에 질린 나는 몸을 돌돌 말아 케이지 구석에 엎드려 부들부들 떨고 지냈어요.

케이지에서 십오일이 넘었어요. 시간이 갈수록 불안한 마음은 줄었지만, 엄마가 그리웠어요. 그동안 나를 바라보거나, 케이지를 열어 등을 쓰다듬은 사람들이 있었어요. 하지만, 나를 분양받은 사람은 없었어요. 나는 좁은 케이지 바닥에 깔아놓은 배변 패드에 소, 대변을 배설하며 잠을 자는 게 하루의 일과였지요. 가게 주인은 날마다 이유식 한번 그리고 네 차례 사료를 넣어주었어요. 어두운 전등만 켜고 퇴근하는 늦은 밤이면 사료와 유동식을 넣어주었고요. 유동식은 부드러운 연어 통조림이라 맛이 좋았어요. 연어 간식을 먹고 나면 희미한 백열전구 아래에서 엄마가 보고 싶어 잠을 설치기 일쑤였어요.

어느 날이었어요. 그날도 창밖으로 눈이 날리고 있었어요. 선글라스를 쓴 어떤 아저씨와 아줌마가 가게에 들어왔어요. 나는 추운 겨울인데도 선글라스를 쓴 이상한 부부에게 호기심이 생겼어요. 아줌마가 내 케이지로 다가와 나를 빤히 바라보았어요. 그 시각, 다른 강아지들은 대부분 낮잠을 자고 있었어요. 그런데 나는 케이지 안에서 작은 염소인형을 꼼지락거리며 심심함을 달래고 있었어요. 염소인형은 엄마처럼 포근했지요. 그리고 염소의 귀를 물고 있으면 엄마의 젖을 빠는 것처럼 마음이 편안해졌고요. 고개를 들어 아줌마와 눈이 마주친 순간, 아줌마가 아저씨에게 말했어요.

"여보, 이 아이가 활동적인데요. 다들 자는데, 얘만 말똥말똥해요."

아저씨가 고개를 끄덕이며 다가오더니 케이지 철망 안으로 집게손가락을 들이밀었어요. 그런데 아저씨 손가락에서 연어 냄새가 났어요. 나는 잽싸게 앞발을 철망에 걸치고 혀로 아저씨 손가락을 핥았어요. 아저씨는 크게 웃으며 아줌마에게 말했어요. "이 녀석으로 해야겠어. 씩씩해 보여."

그렇게 나는 연어 냄새 때문에, 낮잠을 안 자는 바람에 선택을 받았고, 종이박스에 담겨 부부가 사는 아파트로 실려 갔어요. 그 집에는 이미 나보다 열한 살 많은 흰색 개가 있었어요. 몸이라는 이름을 가진 열두 살 '제페니스 스피츠'였지요. 몸이는 처음에 나에게 텃세를 부리려 사납게 굴었어요. 아줌마가 있는 방으로 들어가려고 하면 으르렁댔고, 잘 놀다가도 자기 것을 빼앗긴다고 생각하면 가차 없이 짖었어요. 특히, 핑크색 꽃모양 방석은 몸이에게 나의 염소인형이나 마찬가지 같았어요. 내가 그 방석에 눈독을 들인다고 생각하거나, 빼앗길지도 모른다고 생각되면 앞니를 드러내고 으르렁댔어요. 하지만, 우리는 시간이 지날수록 점점 친해졌어요. 질투하기도 했지만 물어뜯을 정도로 싸우지 않았어요.

나의 체중은 이백 그램이었지만 빠르게 늘어났어요. 육 개월이 지나자 체중이 사 킬로그램을 넘어섰지요. 몸이는 칠 킬로그램이 넘을 정도였지만, 수컷이라 그런지 나는 싸울 때마다 번번이 몸이를 이겼어요.

나는 잘 적응했어요. 아저씨는 나에게 염소 모양의 방석을 사다 주었어요. 머리와 귀에 털이 달렸고, 몸통 부분이 평평한 방석이었어요. 방석은 브라운색 계통이었는데, 귀와 꼬리 부분만 검은색이었어요. 나도 몸이처럼 불안한 생각이 들면 염소방석 모서리를 앞니에 물고 의지했어요.

주인아저씨는 나와 몸이에게 장난감도 주었어요. 낡아지면 새로운 장난감을 사주었고, 오랫동안 가지고 놀아 흥미를 잃어갈 때면 장난감이 들어있는 그릇장 서랍을 열어 새것으로 바꿔주었어요. 그런데도 몸이와 나는 장난감을 공동으로 소유하지 않았어요. 나는 장난감을 자동사료급여기 앞에, 몸이는 자기 배변 패드 근처에 모아두는 버릇이 있었어요. 아저씨는 장난감을 사 오더라도 꼭 짝수로 구입해 나와 몸이에게 골고루 나누어 주었고, 우리는 새 장난감을 물고 안전한 영역이라고 생각되는 곳으로 가서 침을 바르며 자기 것으로 만들었어요.

한번, 나는 늘 호의적으로 대하는 누나를 무는 일이 있었어요. 주인집에 들어간 지 얼마 지나지 않았을 때였어요. 누나가 갑자기 내 꼬리를 잡고 위로 치켜들었기 때문에 엉겁결에 일어난 일이었어요. 그런데 아저씨는 나를 혼내기는커녕 번쩍 안아서 두 손으로 배를 받치고 시소를 탄 것처럼 좌우로 흔들며 기분을 달래주었어요. 그래서 나는 아저씨를 진정한 내 편이라고 생각했어요.

그랬는데, 체중이 삼 킬로그램을 넘어서자 그런 일 정도로는 나를 안아주지 않았어요. 그러면서 "못써! 물면 안 돼. 마롱!" 하고 말하고 휑하니 돌아섰어요. 나는 아저씨의 매몰찬 표정을 볼 때마다 겁이 났어요. 내가 받아야 할 사랑을 몸이에게 빼앗길까 봐 두려웠지요.

몸이는 앙칼진 성격을 숨긴 여우 같은 할머니였어요. 그리고 몸이는 헛짖음이 심했어요. 그나마 다행스러운 점은 다른 집에서 층간소음 문제를 제기하지 않는다는 것이었어요. 오히려 나와 몸이를 헛짖는다고 타박하면서 단독주택에 사는 사람에게 파양하라고 독촉하는 사람은 따로 있었어요. 가끔 들르는 아줌마의

아버지였어요. 그 할아버지는 치매가 와서 가끔 우리처럼 변기가 아닌 신문지에 똥을 쌌어요. 그런 할아버지에게도 주인 부부는 매몰차게 대하지 않았어요. 그래서 우리는 할아버지도 소중한 존재라는 걸 눈치챘어요. 다행인 것은 할아버지 말을 들을 때마다, 아줌마는 마롱이와 몸이도 우리 가족이나 다름없는데 그런 말 말라고 단호하게 잘라 말하면서 "아버지 몸이나 챙기세요"라고 말하는 것이었어요.

나는 시간이 갈수록 엄마에 대한 기억이 가물가물해졌어요. 비슷한 종견과 섞여 있으면 엄마를 찾지 못할지도 모른다는 생각이 들었어요. 열두 살이 된 몸이는 이미 엄마에 대한 기억을 전부 잊었을지도 모를 일이에요. 개는 냄새와 소리에 민감하지만, 시각으로 인지하는 능력이 떨어져요. 아마 길을 잃은 개가 집에 돌아올 수 있는 것도 후각이 발달해서 그럴 거예요. 적록색약증이 있어서 신호등을 분간하지 못해요. 목 끈을 당기는 주인의 힘에 의지해 신호등을 건너고, 습관이 들면서 눈치껏 행동하는 거지요.

아저씨와 아줌마는 진짜 아빠, 엄마가 되고 싶어 했어요. 나는 이 집에 처음 왔을 때 헷갈렸어요. 나도 사람인가? 하고. 농장에서 젖을 먹이던 푸들 엄마가 가짜인가? 의심한 적도 있었어요. 그러나 나는 사람이 아니었어요. 주인 부부는 몸이를 쓰다듬으면서도 아빠와 엄마라고 말하면서 동의를 구했지요.

아저씨는 집에 오면 등이나 목을 문지르면서 "마롱아. 아빠 보고 싶었어?" 하고 말을 걸어요. 말을 건다기보다는 혼잣말처럼 하는 것이지만. 아저씨는 나에게 뭐 하고 놀았느냐고, 밥은 먹었느냐고, 낮잠은 잘 잤냐고 단답형 질문을 던져요. 이런 행동은 아줌마도 마찬가지예요. 아줌마도 우리를 부르거나, 간식 줄까? 하고 말하면서 나와 몸이의 진짜 엄마가 되고 싶어 해요. 알고 보면, 주인 부부가 우리를 쓰다듬으면서 맞느냐고, 아느냐고 물어보는 것은 대답을 원하는 것이 아니었어요. 스스로에게 묻고 답하는 것이었지요. 나는 그럴 때마다 혀로 주인의 얼굴이나 손등을 핥아주고 말아요.

나와 몸이는 배변에 어려움이 없었어요. 나는 캔넬 농장에서 배변 패드를 사용하는 교육을 받았어요. 한쪽 다리를 들고 배변 패드에 정확히 조준하곤 옆으로 새지 않게 오줌을 눌 수 있었어요. 이점은 나의 자랑거리가 되었어요. 아저씨는 "우리 마롱이는 가르친 적도 없는데 오줌은 패드에, 응가는 현관 타일에만 본다니까…" 하고 집에 놀러 오는 사람들에게 똑똑하다고 자랑했어요. 그러면 나는 이까짓 것을 자랑하는 아저씨를 참 단순하다고 생각했어요. 공중에서 공을 낚아채거나, 장애물을 뛰어넘거나, 공을 물고 달리거나, 목욕한 뒤 몸에 남아 있는 물기를 털어대거나, 이해되지 않는 말을 들으면 고개를 갸우뚱거리는 기술 등 장기가 많은데도 아저씨는 유독 배변 습관에 대해서만 남들에게 나를 자랑했어요. 하다못해 산책 중에 영역표시를 한다고 다리 한쪽을 들고 오줌을 찔끔 흘려도 아저씨는 큰 소리를 내며 손뼉을 칠 정도였지요.

나는 아저씨에게 사랑받는 법을 알고 있었어요. 아저씨가 외출할 때면, 미리 현관으로 뛰어나가 신발 앞에서 얌전히 기다리면 간식을 주었고, 아저씨가 부르면 몸이보다 먼저 달려갔어요. 그러면 아저씨는 "마롱이는 남자라 빠르지, 그치?" 하며 나를 쓰다듬었어요.

아저씨는 기분 내키는 대로 간식을 주었어요. 잘한 일이 없는데도 "간식 먹자. 마롱아!" 하고 나를 불렀고, 아줌마가 안 보면 몰래 두 개씩 주기도 했어요. 이런 아저씨의 너그러운 속마음을 파악하기는 몸이도 나 못지않았지요. 어쩌면 먼저 입양된 몸이를 보며 내가 배운 것일지도 모를 일…

한 번이지만, 아저씨에게 주먹과 손바닥으로 맞았던 적이 있었어요. 깊이 뜯어 생각해 봐도 맞을만한 일을 한 게 없는데, 그 사건은 지금까지 나쁜 기억으로 남아 있어요. 하지만, 충동적으로 일어난 일이고 아저씨가 평소에 몸이보다 나를 더 좋아했기에, 나는 그 기억을 지우려고 노력했어요. 그런데도 상처가 되어 지금도 트라우마로 남아 있어요. 그날, 아저씨는 술에 잔뜩 취해 집에 왔어요. 아저씨가 술을 마시는 날은 일 년에 한두 번 있을까 말까 할 정도로 드문 일이었어요. 아저씨는 휘청대는 몸짓으로 아무렇게나 양말을 벗어 놓았어요. 나는 그 양말을 물고 거실에 있는 내 침대에 웅크리고 있었지요. 그런데, 아저씨가 거실로 나오더니 내 머리통에 꿀밤을 주었어요. 냄새나는 양말을 왜 물었냐며, 손바닥으로 귀를 때렸어요. 사람으로 친다면 살짝 싸대기를 날리는 정도겠지만, 사 킬로그램의 몸무게를 가진 나에게는 상당한 충격이었어요. 그날, 나는 아저씨 주변에서 어슬렁대지 말았어야 했어요. 아줌마나 몸이처럼 아저씨에게 술 냄새가 나는 걸 알자마자 다른 방으로 피신해 있을 걸… 나마저 술 취한 아저씨를 외면한다면, 아저씨가 외로울 것 같다는 단순한 생각에 스킨십을 해주려다 얻어맞았던 거지요. 믿었던 아저씨에게 한 대 맞고서야 희생자가 되었다는 생각에, 화풀이 대상이 되었다는 것에 화가 났지만 잊으려고 노력했어요. 개는 주인에게 무조건 복종해야 하는 운명을 타고 났으니까요.

나이 탓인지 몸이는 재빠르지 못했어요. 나는 주인이 "마롱! 뽀뽀!" 하고 말하면 부리나케 달려가 주인 가슴에 앞발을 올리고 입을 맞추었어요. 반면, 몸이는 행동이 굼떴지요. 나는 아저씨가 행동이 빠른 나를 더 예뻐한다고 믿었어요. 게다가 몸이는 겁도 많았어요. 비가 내리는 날, 번개가 치는 날에 몸이는 이불에 오줌을 지렸어요. 그러면, 아저씨는 몸이를 번쩍 안고 주먹으로 머리통을 쥐어박았어요. 아저씨는 유독 배변 실수하는 걸 참지 못하고 꿀밤을 주는 사람이었어요. 나는 몸이를 이해할 수 있었어요. 몸이는 공격을 받는 게 아닌데도 빗소리, 천둥소리에 놀라 방구석이나 아줌마 침대 밑으로 도망쳤어요. 아마, 옛 주인에게 버려져 번개가 치고 비가 쏟아지는 밤에 길가에서 혼자 지새운 기억이 트라우마가 되었을 거예요.

가끔, 주인은 우리를 카페에 데리고 갔어요. 나는 우레탄 바닥 야외 놀이터가 마음에 들었지만, 몸이는 주인 무릎 아래에 있거나 평상 구석으로 숨어서 다른 강아지들과 어울리지 못했어요. 나는 몸이를 이해할 수 있었어요. 나도 분양 숍 철망에 갇혀 있을 때의 콩닥거리던 마음이 생각났거든요. 그런데도 나는 사회화가 잘되었다며 칭찬해 주는 주인의 말에 흠뻑 빠져 잘난 척했어요. 그렇게 몸이와 비교하며 나를 우선시했어요.

아저씨 말을 이해할 수 없었던 적도 있어요. 예쁘다, 잘생겼다고 하는 말을. 그런데 카페에 가서야 내가 잘 생겼다는 걸 알게 되었어요. 늘어진 피부에 쭈글쭈글한 불독을 본 뒤였어요. 나는 거울에 비친 모습이 만족스러웠어요. 그날부터 외모에 도취되었지요.

한번은 아저씨가 입안에 염증이 생겨 음식을 못 씹겠다고 아줌마에게 하소연한 적이 있었어요. 아줌마는 아저씨를 타박했어요. "당신은 개들은 예방 접종에다, 심장사상충 약까지 꼼꼼하게 챙기면서 왜 본인은 아프다면서 병원에 안 가요?" 하고. 그런데도 아저씨는 치료비가 아깝다며 병원에 가지 않았어요. 그러다가 점점 심해지자, 하는 수 없이 병원에 갔고 결국에는 볼거리라는 병으로 밝혀져 오랫동안 치료를 받는 일도 있었지요.

큰 도시에서 회사에 다니는 형과 누나는 달에 한 번쯤 집으로 내려왔어요. 하룻밤을 자고 가는 일이 많았지만, 명절에는 여러 날 머물기도 했어요. 형이나 누나가 내려오는 날은 형, 누나를 차지하려고 나와 몸이의 쟁탈전이 벌어졌어요. 형, 누나가 함께 내려오면 나와 몸이가 사이좋게 한 명씩 차지하면 되었지만, 둘 중 한 명만 내려오면 몸이와 으르렁거리며 눈싸움을 벌였어요. 대부분, 몸은 작아도 한 성깔 하는 내 차지가 되었지만.

그런데, 어느 날은 누나가 몸이를 안고 방으로 들어가 문을 잠갔어요. 그러면, 나는 삐치기 예사였어요. 그래도 나는 주인의 사랑을 받아야 하는 반려견이었어요. 언제 그랬냐는 듯 다음 날, 누나에게 다가가 손등을 핥아야 했어요.

우리 집은 행복했어요. 나는 이웃집에 사는 사람들이 얼마나 자주 싸우는지 잘 알고 있었어요. 소리에 민감한 나는 아래층과 그 아래층, 위층과 옆집에서 싸우는 소리까지 감지할 수 있었고, 아파트 앞 동, 뒷동에서 들려오는 싸움 소리까지 생생하게 들을 수 있었거든요. 우리 주인부부도 가끔 싸우지만, 다른 집처럼 쇳소리가 나거나, 물건이 깨지는 소리가 날 정도는 아니었어요. 그래서 나와 몸이는 집 안에 있을 때, 마음이 편했어요.

주인 부부는 나와 몸이를 따뜻하게 대해 주었어요. 외출할 때면 우리가 마음 편히 지내도록 작은 볼륨으로 클래식 라디오 음악 방송을 틀어주었고, 밤늦게 귀가하는 날이면 아침부터 거실 등을 켜 놓고 외출해 우리를 어둠 속에 두지 않으려고 했어요. 그리고 화장실, 현관과 발코니까지, 우리가 오가는 공간에 센서 등을 달아 어둠의 공포를 없애주었지요.

몸이는 아줌마가 쓰는 안방 화장실, 나는 현관과 거실 사이에 있는 화장실에 오줌을 눴어요. 응가도 나는 현관 타일에, 몸이는 뒤 베란다에 봤고요. 가족은 종이 휴지에 응가를 싸서 변기 물로 내리고, 바닥은 물티슈로 깨끗이 닦아냈어요. 누구라도 우리가 싼 응가를 보면, 먼저 본 사람이 치울 정도로 친절한 가족이었어요.

그런데 얼마 전, 아저씨와 아줌마가 하루가 멀다고 싸우기 시작했어요. 알아들을 수 있는 대화는 제한적이었지만, 나는 몇 개의 단어를 조합해 무슨 이야기를 하는지 눈치챘어요. 그 뒤부터 아줌마가 큰 소리를 내면, 나는 얼른 구석진 곳으로 피했어요. 당시, 아줌마는 단단히 화가 나 있었어요. 온몸을 부르르 떤다든지, 밥숟가락을 식탁에 패대기친다든지, 악! 시끄러워! 하고 고함을 치고 두 손으로 자신의 귀를 막아버렸어요. 평소에 보기 힘들었던 아줌마의 행동에 놀라면서도 아줌마에게서 화난 낌새가 보이면, 나는 침대 밑에 들어가 딴청을 부렸어요. 도망치는 게 상책이었지요.

"그년 어디가 그렇게 좋았어? 이 썩을 인간아!"

나는 이 말이 욕이라는 것을 알았어요. 목소리 크기만으로도 욕인지, 대화인지 분간할 수 있지만, 눈을 부라리는 아줌마를 보면 화난 게 분명해 보였지요. 아저씨는 아줌마가 그러거나 말거나 혼자 밥상을 차리고 묵묵히 밥을 먹었어요. 평소 같으면, 나와 몸이는 음식을 얻어먹으려고 아저씨 무릎에 매달리겠지만, 이럴 때는 근처에 안 가는 게 낫다는 걸 우리는 알았지요. 나와 몸이는 주인 부부의 싸움에 휘말리지 않도록 조심스럽게 구석진 곳을 찾아 웅크리고 지내야 했어요.

사실 나는 이런 상황이 올 거라는 걸 짐작했어요. 아저씨가 낮에 두 번이나 이상한 여자를 집에 데리고 온 적이 있었거든요. 그때, 나와 몸이는 낯선 사람을 보고 사정없이 짖었다가 방에 갇히고 말았어요. 그런데도 나는 주인아줌마에게 고자질하지 못했어요. 집에 돌아왔을 때, 감쪽같이 도로 이불을 덮어놓은 침대 밑에 서서 아무리 짖어도 아줌마는 눈치채지 못했지요. 오히려 아줌마는 '오늘따라 애교가 넘친다.'며 내 등을 쓰다듬어 줬어요.

주인 부부의 냉랭한 사이가 오래될수록 나와 몸이의 편이 갈리게 되었어요. 아저씨는 마롱아! 하고 나를 불러 소파 위 무릎에 앉혔고, 아줌마는 몸이를 안고 서성거리며 아저씨와 말다툼을 했어요. 나는 이런 냉랭한 분위기가 싫지만 감내해야 한다는 걸 알았어요. 나는 아저씨를, 몸이는 아줌마의 팔꿈치를 정성껏 핥으며 분위기가 좋아지길 기다렸어요.

싸움이 소강상태에 이르러 아저씨와 아줌마가 각자 방으로 들어가는 경우에도 우리는 눈치껏 행동했어요. 아저씨가 마롱아! 하고 부르면, 나는 빠르게 달려갔어요. 그러면 아저씨는 건넌방에 있는 아줌마가 들을 수 있도록 큰 소리로 말했어요. "마롱아! 엄마, 밥 주세요, 하고 와" 그러면 나는 전령병 역할을 했어요. 잽싸게 아줌마에게 뛰어가 혀로 손등을 핥고는 아저씨에게 돌아와 무릎 위로 올라갔어요. 몸이도 눈치 빠른 행동을 하기는 마찬가지였어요. 엄마가 "아빠한테 가서 식사하세요. 하고 와" 그러면 몸이도 아저씨에게 달려오는 전령병이 되었지요. 나와 몸이가 열심히 심부름을 하다 보면 집안 분위기가 조금씩 부드러워졌어요.

싸움이 소강상태에 들어가는 날이면 아저씨는 아줌마에게 말했어요. "부부싸움에 요 녀석들이 효도하네. 녀석들, 눈치가 빨해. 레슬링 경기에서 손바닥을 치고 바통 터치하는 믹스 매치 같아." 나는 누구 편도 되고 싶지 않지만, 아저씨는 나를 자기편으로 만들었어요. 아저씨, 아줌마 싸움에 끼어들고 싶지 않았지만.

한 달 전. 티격태격 싸우던 아저씨가 캐리어에 짐을 꾸려 집을 나갔어요. 전에도 아저씨는 캐리어에 짐을 꾸려 나갔다가 며칠이고 들어오지 않는 경우가 있었지요. 나는 아저씨가 캐리어를 끌고 나가면 현관까지 뛰어가 나가지 말라고 짖었고, 아파트 일 층에 내려가 차에 시동을 걸 때까지 쉼 없이 짖어댔어요. 그런 아저씨가 이번에는 큰 캐리어를 끌고, 백 팩까지 둘러맨 채, 집을 나선 것이었어요. 내 등을 쓰다듬어주지도 않고…

나는 절망했어요. 언제나 내 편이었던 아저씨의 부재는 나를 외롭게 했어요. 종일 현관 앞에 앉아 기다려도 아저씨는 집에 오지 않았어요. 이번에는 아줌마와 사이가 단단히 틀어진 것 같았어요. 아저씨가 없으니 서울에 사는 형, 누나라도 와야 헛헛한 마음을 달래줄 건데 형, 누나마저도 감감무소식이었어요.

어쩌다 아저씨가 나를 부르는 것 같아 베란다 창문으로, 현관으로 나가봐도 아저씨는 없었어요. 환청인가? 한번은 삑! 하고 일층 주차장에서 차문 잠그는 리모컨 소리가 났어요. 얼른 베란다로 달려가 유리창 너머 아래를 내려다보았어요. 아랫집 아저씨였어요. 차량 리모컨 소리는 나를 헷갈리게 했어요. 우편배달부, 가스 점검 기사, 소독하는 사람이 복도를 걷는 발걸음 소리도 아저씨와 비슷해서 분간하기 어려웠어요.

아저씨가 집을 나간 지 서른 밤이 지났으니, 한 달쯤 지났나 봐요. 서울에서 형, 누나가 내려왔고, 아저씨도 집에 왔어요. 아저씨와 아줌마의 싸움이 빈번했지만 이번처럼 길게 간 경우는 처음이었어요. 넷은 한동안 심각하게 대화를 나눴어요. 아줌마는 지치지도 않는지 한 시간이나 울어댔어요. 선글라스를 벗은 아저씨는 얼굴 근육이 굳은 채 술 냄새를 풍기며 말을 했어요. 형, 누나도 간간이 대화에 끼어들었지만, 되도록 두 사람 사이에 끼어들지 않으려고 하는 것 같았어요. 눈치를 보던 나와 몸이도 침대 밑으로 숨고 말았지요.

그런데, 신기한 일이 일어났어요. 사람들만의 소통 수단이 있나 봐요. 분위기가 삭막했었는데 웃음소리가 들리는 것이었어요. 아저씨가 마롱아! 하고 부르는 소리에 내가 부리나케 거실로 나갔어요. 동작이 굼뜨지만, 몸이도 엄마의 부름에 거실로 나왔고요. 모두 소파에 앉았어요. 나는 아저씨 무릎 위에, 몸이는 아줌마 무릎 위에. 형과 누나도 옆에 앉아 등을 쓰다듬어 주었어요. 이유는 모르지만, 집안에 다시 평화가 찾아온 게 분명해 보였어요. 심란했던 분위기가 진정되어 좋았고 불안했던 마음이 편해졌어요. 몸이도 나와 같은 심정일 거예요. 주인아저씨 말대로 '부부 싸움은 칼로 물 베기'라는 말이 맞나 봐요.

요즘, 쌀쌀해진 날씨에 나는 몸을 웅크리고 지내요. 나는 장난감을 내 침대에 넣고 낮잠을 자며 시간을 보내죠. 아저씨는 집으로 돌아오면 나를 안고 안마기에 올라가 OTT 영화를 봐요. 밤이 되면 나는 아저씨 이불 속에 파고들어 잠을 자고요. 나는 아저씨가 잠들 때까지 정성껏 팔뚝과 손등을 핥아줘요. 아저씨는 나를 위해 팔베개를 해주고 등을 문질러주지요.

아저씨는 통통하게 살이 오른 내 엉덩이를 문지르며 말해요. "우리 마롱이, 히프에 살이 포동포동하게 붙었네. 아빠는 히프를 씰룩대며 걷는 마롱이가 제일 귀여워." 나는 주인 살을 핥으며 교감해요. 안마기에 올라탄 아저씨는 틈나는 대로 내 귀를 젖히고 귀 안쪽을 손으로 비벼줘요. 나는 귀 안을 비벼주는 이 순간이 제일 좋아요. 그러면 나는 고마워서 아저씨 손등을 핥아요. 아저씨가 간지럽다고, 그만하라고 해도 쉬지 않아요. 나는 아저씨가 간식을 줘도, 빗질을 해줘도, 목욕한 뒤 털을 말려주어도, 장난감을 던져주어도 좋지만 귀 안을 비벼줄 때가 제일 좋아요. 이제야, 나는 이따금 효자손으로 등을 긁으며, 시원하다고 혼잣말하는 아저씨를 이해할 수 있을 것 같아요.

이른 아침, 선글라스를 쓴 아저씨가 새벽시장에 가자고 우리를 불러요. 초겨울이 다가오지만 지금도 개천 고수부지에 장이 서요. 농부들이 손수 기른 농산물을 파는 즉석시장이에요. 주인 부부는 기분이 좋으면 나와 몸이를 데리고 함께 장을 보러 가요. 아줌마는 시장 좌판에서 농산물을 사고, 아저씨는 나와 몸이 목줄을 잡고 고수부지 자전거도로를 산책해요. 새벽시장에 나가 장보는 일은 주인 부부가 서로 정을 나누는 시간이기도 하지만, 나와 몸이에게도 행복한 순간이에요. 나는 산책을 하면서 아저씨에게 꼬리를 비벼요. 몸이도 아줌마 바짓가랑이를 핥으며 장난을 걸고요.

집으로 돌아오는 길, 몸이는 운전 중인 아저씨 왼손에 매달려 창밖을 보고, 나는 조수석에 앉은 아줌마 무릎에 앉아요. 나와 몸이의 역할이 바뀐 거지요. 아줌마가 차가워진 손을 내 옷 속으로 넣어요. 그러곤, 나에게 말을 걸어요. "엄마의 핫팩 마롱아, 엄마 손이 차갑지?" 나는 배가 서늘하게 시리고 차갑지만 참아요. 그러고는 돌아서서 아줌마에게 뽀뽀를 해줘요. 고개를 돌려 운전대에 올려 있는 아저씨 손등도 핥아주고요.

집에 들어오자마자, 몸이와 나의 역할이 다시 바뀌었어요. 나는 아저씨를, 몸이는 아줌마를 담당해요. 우리는 아저씨, 아줌마에게 재롱을 부리며, 집안에 행복 에너지를 발산하는 영리한 반려견이에요.

아저씨가 손을 씻고 새로 산 핸드크림을 손등에 발랐어요. 그러고는 나를 번쩍 안고 안마기에 올라가요. 아저씨는 안마기 리듬에 맞춰 몸을 누이고 무릎 위에 나를 올려놓아요. "막내아들 마롱이도 안마 받는 거 좋아하지?" 사실 아저씨는 대답을 원하는 게 아니에요. 내가 말을 할 수 없다는 걸 알면서도 큰 소리로 아줌마도 들을 수 있게 말을 걸어요. 나는 아저씨 핸드크림 냄새가 좋아요. 산책할 때, 길가에 돋아난 강아지풀에서 나는 향기처럼. 나는 아저씨 허벅지 위에 엎드려 손등에 발라진 핸드크림을 핥아요. 아저씨가 내 등을 쓰다듬으며 말해요. "간지러워. 마롱! 그만해."

*

 짓궂은 아저씨가 침대 위에 고구마 한 조각과 개껌을 올려놓고 외출했어요. 나는 평소에 침대에 잘 뛰어오르지도, 내려오지도 못해요. 뛰어오르다가 고꾸라지거나 발목을 접질릴지, 침대 모서리에 부딪혀 넘어질지 모르기 때문에 겁나거든요. 배가 동그랗게 튀어나온 과체중 견 나와 몸이에게는 뛰어오르는 게 힘겨운 일이에요.
 몸이는 아직도 침대 위에 고구마가 있다는 걸 눈치채지 못하고 있어요. 나는 침대 밑에서 고구마를 바라보며 망설이고 있어요. 위험을 무릅쓰고 뛰어오를 것인지, 말 것인지. 나는 모험을 했어요. 침대로 뛰어올라 몸이 모르게 간식과 껌을 득템한 것이지요. 용기를 낸 스스로가 자랑스러워요. 아마, 짓궂은 아저씨는 집에 돌아오자마자 나에게 별명을 붙여줄 거예요. 기어코 용기를 내서 고구마를 먹었다는 의미로. 아저씨가 별명을 붙여도, 체중을 이유로 구박을 해도 나는 아저씨의 관심을 받는 게 좋아요.
 아저씨, 아줌마가 저녁밥을 먹어요. 나와 몸이는 식탁 밑을 서성대며 맛난 음식을 나누어주길 고대하고 있어요. 아저씨를 간

절한 눈빛으로 바라보면 여지없이 음식을 줘요. 음식을 주면서 아저씨가 말해요. "여보! 별명을 붙여줘야겠어. 마롱이는 막가파, 몸이는 늘보걸이라고." 한동안 고유명사처럼 불릴 호칭이 하나씩 더 늘었네요. 나는 이미 '양말파'라는 별명이 있어요, 나는 아저씨가 집으로 들어오면 양말을 벗어달라고 따라다녀요. 나는 양말을 차지해야 아저씨가 나를 두고 집 밖으로 나가지 않을 거라고 생각해요. 막가파, 늘보걸이라는 별명을 들은 아줌마가 미소 짓고 있어요. 익살스럽게 약 올리는 의미로 별명이 붙여지지만, 나는 기분이 나쁘지 않아요. 별명에서 주인의 따스한 사랑이 느껴지기 때문이에요.

 나는 소고기, 닭고기도 좋지만 연어 육포 간식이 제일 좋아요. 간식 봉지를 뜯는 소리가 나면, 나는 주인이 있는 곳으로 재빠르게 달려가요. 간청하는 눈빛을 발산하며 얌전히 기다리면 돼요. 아저씨는 연어 육포를 넉넉히 사와, 늘 신발장에 넣어두지요. 신발장에는 주인이 외출할 때마다 입속에 넣어주는 간식이 가득 들어있어요.
 나는 간식과 산책이라는 말을 좋아하고, 병원과 미용이라는 단어를 싫어해요. TV와 라디오 소리는 좋지만, 청소기와 헤어드라이어가 돌아가는 소리는 싫어요. 생판 모르는 사람이 우리 집에 오는 것도 싫고요. 쌀쌀해진 요즘, 나는 밤마다 아저씨 이불에 들어가 아저씨 숨소리를 느껴요. 아저씨도 나의 심장소리를 들을 거예요. 나는 아저씨와 심장 박동을 주고받는 순간이 제일 행복해요. 믹스 매치가 끝난 집안에 매일매일 안온한 공기가 흐르길 바라고 있어요.

압도적인 열기로 찜통 같았던 여름도, 은행잎이 떨어진 대학 캠퍼스를 산책하던 가을도 지나더니 금세 초겨울의 문턱에 다다랐어요. 낮이면 나는 창문으로 햇볕이 드는 따뜻한 발코니로 나가요. 염소방석 위에 몸을 둥글게 말고 걱정 없이 낮잠을 자요.

오늘은 자다가 게슴츠레 눈을 떠보니 창밖으로 싸리 눈이 내리고 있어요. 며칠이 지나면 큰 눈이 올지도 몰라요. 나에게는 두 번째 겨울이네요. 몸이는 눈을 싫어하지만, 나는 하늘에서 몽글몽글 뿌려주는 눈이 좋아요. 창밖을 통해 들어오는 따뜻한 햇볕도, 눈 내리는 하늘을 바라보는 것도 좋고요.

어려서 잘 몰랐지만, 캔넬 농장과 분양 가게 아저씨는 인신매매를 하듯 견매매를 직업으로 하는 사람들이었어요. 우리는 사람이 아니라 인권을 주장할 수 없어요. 하지만 우리에게도 동물권이 있어요. 동물권을 유린당한 것은 몸이도, 다른 반려견도 마찬가지예요. 몸이는 버려졌다가 유기견 보호소에서 새 주인을 맞지 못했다면 이미 무지개다리를 건넜을 거예요. 안락사라는 명분으로.

가끔이지만 나와 몸이 그리고 아저씨, 아줌마 넷이 거실에서 잠을 자는 날이 있어요. 한 달에 한 번쯤. 그런데 오늘이 그날이에요. 오늘 밤 아저씨와 아줌마는 우리를 사이에 두고 서로 손을 잡을 거예요. 아저씨와 아줌마가 'mix match'가 아닌 'mix sleep'하는 날이 많았으면 좋겠어요.

격월간《한국소설》2025년 10월, 통권314호

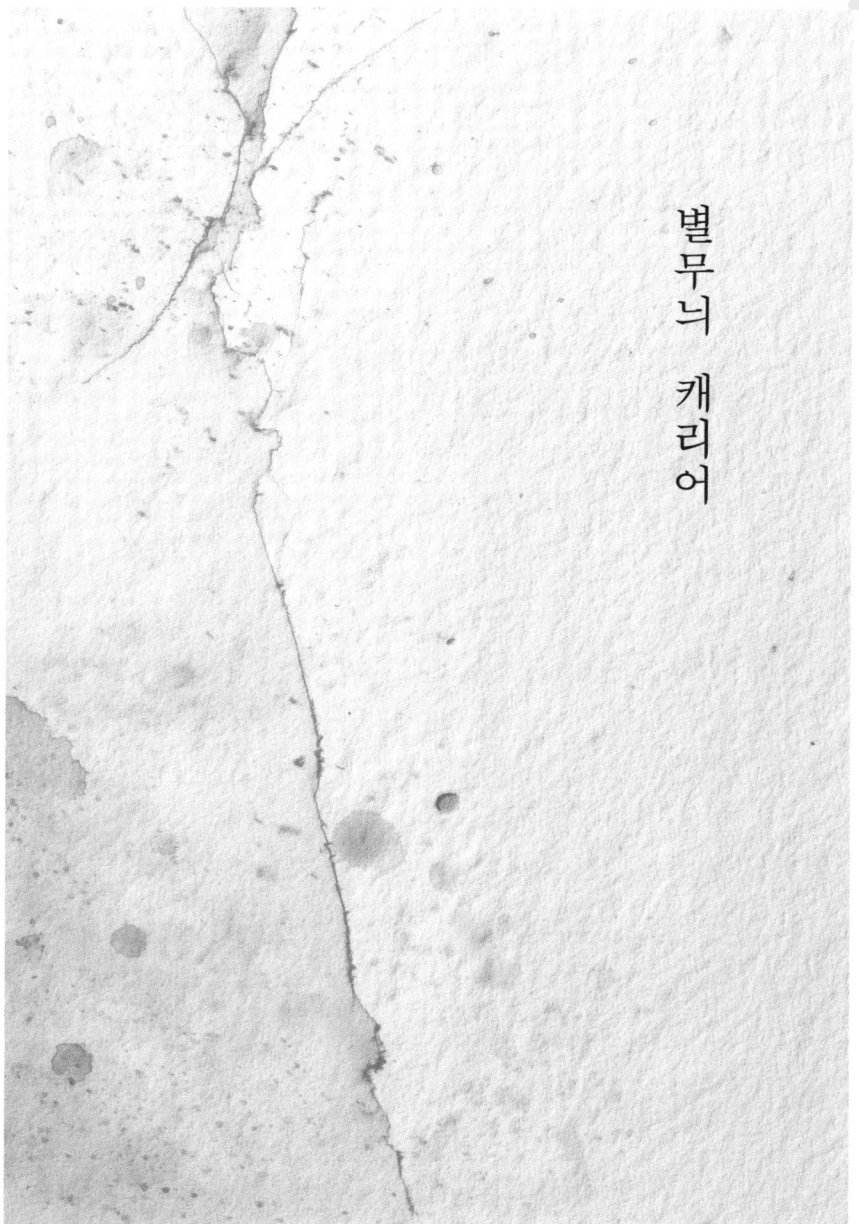

별무늬 캐리어

"그랬구나. 그랬어. 그래서 그랬구나." 끼익! 확성기를 통과한 듯, 날카로운 전파음이 울렸다. 의아한 나머지 주변을 둘러보았지만 사람도, 확성기도 보이지 않았다. 누가 한 말인지, 뭐가 '그랬다'는 말인지 도대체 알 수 없는 환청이었다. 그 순간, 영화처럼 장면이 확 바뀌었다. 순간 이동을 한 것처럼 내가 버스 안에 타 있었다. 그러곤 운전기사를 향해 목청껏 소리쳤다. 112에 신고해 달라고. 그랬지만, 기사는 버스를 멈추지 않았다. 나는 들은 체 만 체 고불고불한 길을 운전하는 기사를 향해 울먹이는 음성으로 재차 외쳤다. "기사님! 제발 신고해 주세요." 그제야 기사는 고개를 돌려 나를 바라보았다. 기사와 눈빛이 마주친 순간, 나는 섬뜩했다. 기사가 비릿하게 웃고 있었던 것이다. 어쩌면 기사도 녀석과 한패일지 모른다는 생각이 떠올랐다.

나는 집으로 가는 노선이 아닌 엉뚱한 버스를 탔다. 여차하다 일어난 실수였다. 올라탄 버스는 가로등이 없고, 후락한 건물이 늘어선 으슥한 길을 계속 맴돌았다. 초조한 나머지, 나는 자리에 앉지 못하고 버스 기둥을 잡은 채 기사에게 말했다. 후암동 주민 센터로 가야 하는데 버스를 잘못 탄 것 같다고. 그제야 기사는 대답했다. 갈아탈 정류장에 도착하면 알려줄 테니 빈자리에 앉아 있으라고.

나는 기사 뒷자리를 비집고 들어갔다. 2인용 의자 한쪽에 중학생으로 보이는 남학생이 앉아있었다. 반쪽 공간에 앉기는 했지만, 캄캄한 동네를 맴도는 버스 생각에 초조했다. 그래서 등을 기대지 못하고 발을 오므린 채 창밖을 내다보았다. 집으로 가는 버스를 타는 것조차 허둥대는 스스로를 자책하면서.

그런데 옆자리에 앉은 학생이 이상했다. 스마트폰에 시선을 고정한 채 게임을 하면서 어깨와 무릎으로 나를 툭툭 치는 것이었다. 신경이 쓰였지만, 나는 곧 내릴 거라는 생각에 참기로 했다. 그런데, 녀석이 스마트폰을 보며 히죽거리더니 운동화로 내 구두를 툭툭 건드리는 것이었다. 나는 짜증 섞인 표정으로 고개를 돌려 학생을 보았다. 그러자 학생은 코웃음을 흘리며 가방에서 커터 칼을 꺼냈다. 학생이 엄지손가락으로 칼집에 들어있는 칼날을 밀어 올리는 순간, 딱딱거리는 쇳소리에 칼에 찔릴지도 모른다는 공포를 느꼈다. 당할 수만은 없었다. 나는 칼을 잡은 녀석의 손목을 움켜쥐고 위로 치켜올렸다. 그러자 녀석이 자리에서 일어났고, 나도 덩달아 일어서게 되었다. 녀석의 손목을 움켜쥔 채, 칼에 그어질지도 모른다는 생각에 정신이 아득해지고, 기사에게 신고해 달라고 절규하는 순간에 눈을 떴다.

꺼림칙한 꿈이었다. 동이 트지 않은 시간이었다. 등줄기에 식은땀이 흐르고, 심장이 쪼그라들어 가슴에 뭉근하게 열이 났다. 종아리에도 찌르르한 전율이 일었다. 꿈은 생생했다. 하지만, 두 시간 뒤인 일곱 시에 작은아버지 발인제를 올려야 한다는 생각에 장례식장 방바닥을 짚으며 일어났다.

토막잠을 자며 깊게 잠에 들지 못했고, 급기야 가위에 눌리는 꿈까지 꾸었다. 닷새 전, 해외여행을 하던 작은아버지가 급사했다는 소식을 들어서 그런지도 모를 일이다. 나와 작은아버지는 삼촌 간이지만, 아버지와 아들 사이처럼 각별했다. 그래서 작은아버지 사망 소식에 세상이 무너지는 것처럼 슬펐다. 불쌍하다는 생각, 그가 살아온 인생이 덧없다는 생각이 들었다. 술을 마시고 싶다는 충동이 올라왔지만, 나는 삼 년 동안 단주해 온 이력에 금이 가서는 안 된다고 생각해서 억지로 참았다. 커피를 마시거나, 군것질을 해서라도 술을 마시면 안 되는 사람이 바로 나였다.

가위눌리는 꿈을 꾼 건, 삼 년 만의 일이었다. 삼 년 전까지 하루도 빠지지 않고 술을 마실 때는 거의 매일 가위에 눌리는 꿈을 꾸었었다. 망상은 아니지만, 잠이 드는 순간 자동으로 악몽을 꾸었다. 그런데 오늘은 전혀 술을 마시지 않았는데도 난데없이 악몽을 꾸었다. 잠에서 깨어났어도 한동안 심장 박동이 가라앉지 않을 정도였다. 삼 년이 지났어도, 나는 매일 술을 마시고 싶다는 충동에 시달렸다. 알코올중독자에게 술 생각이 나는 것은 사람들이 매일 돈 생각을 하는 것처럼 자동으로 작동하는 패턴이었다. 다시 술을 마시면 어떻게 되는지 잘 알기에, 알코올중독자들은 하루하루 음주 충동을 참으며 살아가야 하는 존재였다.

장례식장 접객실 바닥에서 뒤척이다가 빈소로 들어갔다. 현우가 바닥에서 자고 있었다. 소리 나지 않게 뒤꿈치를 들고 향에 불을 붙였다. 그리고 텅 빈 로비를 가로질러 다시 접객실로 갔다. 홀 구석에 있는 선반으로 가서 전기스토브에 물을 채우고 전원을 켰다. 금세 쉭쉭대며 물 끓는 소리가 났다. 커피믹스 두 봉지를 털어 넣고 빈소로 돌아와 침침한 전등 아래에서 영정사진을 쳐다보았다. 시간이 지나자 형광빛 박명이 창문으로 비쳤다. 동이 트고 있었다.

*

 닷새 전, 현우로부터 작은아버지의 부고를 받았다. 그리고 엊그제 비행기 도착 시간에 맞추어 공항으로 향했다. 나는 문중의 종손으로 종중의 대소사를 챙겨야 하는 의무가 있었다. 하물며 작은아버지 일이니, 공항까지 마중 나가는 게 당연했다. 전광판에 도착 메시지가 떴다. 열네 시간 전에 로마 피우미치노공항을 이륙한 비행기가 인천공항에 도착했다는. 사촌 동생 현우는 나보다 먼저 공항에 와 있었다.
 지난달, 작은아버지 내외와 사라 그리고 사라 남편, 네 명이 해외여행을 떠났다. 작은아버지는 경제적으로나 건강상 이유로 해외여행을 할 형편이 아니었지만, 무료로 여행할 기회를 얻었다. 이는 '자비연대'로 불리는 자선단체의 모집공고에 응모한 사라의 기지로 이루어진 일이었다. 자비연대는 불교와 관련된 자선단체로 J스님이 운영하고 있었다. 이 단체는 가난한 나라에 식수시설을 설치해 주고, 결식아동을 돕고, 석가모니가 깨달음을 얻었다고 알려진 인도 둥게스와리 마을의 불가촉천민과 마약조직이 거주하는 필리핀 민다나오지역 주민을 돕는 봉사 단체였다. 그런데 이 단체에서 작년부터 알코올중독자를 선발하여 '해외행복투어'를 기획했고 올해, 두 번째로 해당자를 선발했던 것이다.
 해외행복투어 주최 측은 한 가족 당 최대 여섯 명 한도로 세 가족을 선발했다. 선발 조건은 까다로웠다. 알코올중독병원에 입원했던 이력이 있는 중독자를 대상으로, 현재 일 년 이상 단주하고 있어야 했다. 또한 암, 심장질환 등 시한부 판정을 받았으며 저소득층이어야 신청이 가능했다. 게다가 알코올중독 치료 중이라는 정신과 전문의 소견서를 제출해야 했고, 다른 여러 조건에도 동의해야 했다. 여행 중에 사고나 질병으로 사망하는 경우, 시신을 화장하여 해당 가족이 즉시 귀국한다는 동의서도 첨부되어 있었다.

사라는 우연히 주민 센터에 들렀다가 게시판에 붙은 '자비연대'의 공고 포스터를 보았다. 혹시나 하는 마음으로 응모했는데, 운이 좋았는지 대상자로 선발되었다. 남편과 부모님까지 넷이 해외여행을 떠나게 된 사라 입장에서는 돈을 들이지 않고 부모님께 효도할 기회를 잡은 셈이었다.

그렇게 작은아버지 가족을 포함해 세 가족, 열네 명과 '자비연대'의 진행 팀 두 명까지 열여섯 명이 한 달 일정으로 여행을 떠났다. 당사자 세 명은 알코올중독 회복자이면서, 모두가 암 환자였다. 그런데 여행하는 도중 작은아버지의 병세가 급속히 악화되었다. 생각해 보면, 암 환자가 긴 여행 일정을 소화하기에는 무리가 되기도 했을 터였다. 인천에서 출발한 비행기가 프랑크푸르트 공항에 도착했고, 전세버스로 갈아타 프랑스, 스위스, 이탈리아에 이르는 긴 여정이었으니. 이탈리아 밀라노를 거쳐 로마에

도착하던 날, 그러니까 여행 일정을 80%쯤 소화했을 즈음, 작은아버지는 호텔 방에서 피를 토하며 쓰러졌다. 앰뷸런스를 타고 시내에 있는 병원으로 급히 옮겼지만, 도착했을 때 작은아버지는 이미 세상을 뜬 뒤였다. 간암 4기였던 작은아버지는 언제라도 죽을 수 있었다. 가족은 현실을 덤덤하게 받아들였다. 작은아버지는 앰뷸런스에서 마지막으로 가족에게 미안하다는 한마디의 말만 남겼다고 했다.

사라가 유골함을 받쳐 든 채 입국장으로 나왔다. 서약서 내용대로 작은아버지는 로마 화장장에서 한 줌 재가 되었다. 사라로부터 아버지 유골함을 건네받은 현우는 바닥에 주저앉아 흐느꼈다. 사라와 작은어머니도 서로 부둥켜안고 울었다.

그때, 사라 남편이 끌고 나온 캐리어가 눈에 띄었다. 낡은 캐리어 표면에 별무늬 스티커가 다닥다닥 붙어있었다. 스티커를 보는 순간, 나는 그것이 작은아버지 캐리어라고 확신했다. 작은아버지는 별에 관한 한 상당한 지식을 가지고 있었고, 누구보다도 별을 사랑하는 사람이었다. 나는 혹시나 하는 마음에 사라 남편에게 캐리어가 누구 것이냐고 물었다. 역시나 사라 남편은 작은아버지 것이라고 대답했다. 사라는 눈을 손수건으로 훔치며 나에게 말했다. 아버지가 한국에서 출발하기 전에 캐리어에 별 모양의 야광 스티커를 잔뜩 붙여 놓았다고.

초등학생 때, 나는 방학이 되면 할아버지 집에서 살다시피 했다. 그때, 작은아버지는 뒷산 언덕에 올라 나에게 별자리를 알려 주었다. 견우 직녀성의 은하수, 북두칠성은 물론 오리온자리, 카시오페이아 같은 별자리를. 태양계에서 가장 크고 빛나는 목성을 그리스의 신 주피터라고 부른다는 말은 지금도 또렷하게 기억나는 거였다. 그러면서 엉뚱하게 중얼거렸다. 이 언덕이 자신의 베이스캠프이고, 언젠가는 여기에서 비행선을 타고 은하계로 돌아갈 거라고 말했었다.

작은아버지는 소설 『어린 왕자』에 관심이 많았다. 어린 왕자처럼 미지의 행성으로 떠나고 싶어 했다. 작은아버지는 순수하면서도 호기심이 풍부한 사람이었다. 현실 감각이 떨어져 보이기도 했지만, 어린 왕자처럼 외로움을 많이 타는 사람이었다. 돈을 벌고 직업을 갖는 것보다 비현실적이고 막연한 것을 공상하는 사람. 그래서 할아버지는 늘 빈둥거리며 하늘만 쳐다보는 작은아버지를 한심한 놈이라고 말하곤 했었다.

내가 어릴 때, 작은아버지(당시에는 결혼하지 않아 삼촌이라고 불렀다)는 툇마루에 앉아 먼 산을 바라보는 때가 많았다. 밤이 되면 머리맡에서 나에게 『어린 왕자』 책을 읽어 주었다. 그러면, 나는 금세 B612호 소혹성에서 온 어린 왕자 이야기에 빠져들었다. 나는 일곱 번째 별인 커다란 지구의 모습을 어린 왕자의 시선으로 상상했다.

작은아버지가 스티커를 캐리어에 붙이고 여행을 떠난 이유를 생각해 보았다. 작은아버지는 병마에 시달리면서도 어린 왕자 같은 감성을 버리지 않았을 거였다. 죽음의 그림자가 다가오는 것을 받아들이면서도, 난생처음 외국 나들이를 하면서도, 지구에서의 여정을 마치고 일 년 만에 죽는 어린 왕자처럼 미지의 별을 찾아가는 걸 상상했을지도 몰랐다.

그런 작은아버지도 직업을 가졌던 적이 있었다. 강원도에 있는 천문대에서 전기설비를 관리하는 기사였다. 전문대학에서 전기공학을 전공한 뒤 기사 자격증을 갖고 있기에 가능한 일이었다. 하지만, 얼마 지나지 않아 직장에서 쫓겨나고 말았다. 상습적으로 술에 취해 있었기 때문에 일 년도 채우지 못했던 것이다. 천문관 소유의 차를 술에 취해 몰다가 나무와 충돌하는 사고를 내기도 했고, 지각을 하거나 결근하는 일도 잦았었다.

작은아버지와 나는 알코올중독자였다. 다른 점은, 작은아버지는 스무 번 넘게 정신병원에 입원했고, 나는 두 번 입원한 것이 전부라는 거였다. 우리는 중독자로 살아온 기간과 음주량만 다를 뿐, 둘 다 중독자라는 사실을 부인할 수 없었다. 알코올중독은 죽을 때까지 고칠 수 없는 불치병이었다. 아니, 죽고 나서도 제사상에서 술을 받으니 사실은 죽어서도 고칠 수 없는 병이라고 해야 맞았다. 단주한 지 수십 년이 지나도 술 생각을 하지 않고 하루도 살 수 없는 사람들이 알코올중독자였다. 중독자는 하루씩 술을 참는 것일 뿐, 언제 다시 중독자가 될지 몰랐다.

　작은아버지와 나는 삼 년 전 같은 정신병원에 입원했었다. 작은아버지는 삼 층 노인병동에 그리고 나는 칠 층 남성병동에. 수면 시간 외에는 엘리베이터나 계단을 통해 서로의 병동으로 이동할 수 있었지만, 여성 병동인 팔, 구층과 외래환자들을 진료하는 일 층, 개방병동으로 운영하는 이 층으로는 이동할 수 없었다. 의사, 간호사, 상담사 등 병원 직원들만이 패용한 명찰의 바코드를 읽히고 밖으로 연결되는 엘리베이터 철문을 열었다. 게다가, 병실 창문과 계단 창문에 쇠창살이 설치되어 밖으로 도망칠 수도 없었다.

　오층에 흡연이 허용된 발코니가 있었다. 작은아버지와 나는 하루에도 몇 번씩 그곳에서 담배를 피웠다. 오층 복도에는 공동화장실이 있었는데, 치매에 걸린 노인들이 담배를 피우러 왔다가 볼일을 보고 변기 물을 내리지 않는 경우도, 바지에 똥을 지리는 노인을 보는 것도, 의자를 들고 유리창을 부수겠다고 소란을 피우는 광경을 보는 것도 예사인 곳이었다.

　작은아버지는 술로 인한 증상이 심각했었다. 나처럼 가위에 눌리는 꿈을 꾸는 정도가 아니었다. 대낮에도 눈앞에 귀신이 나타나는 환시증상, 쇳소리처럼 스산한 바람소리가 들리는 환청에 시달렸다. 허공을 계단으로 알고 비척거리며 걷다가 발을 헛디뎌

이층에서 아래층으로 떨어져 발목이 부러진 적도, 경찰차가 쫓아온다며 논둑길을 맨발로 도망 다닌 적도 있었다. 작은어머니 말에 의하면, 작은아버지는 헛것을 보고 발가벗고 동네를 뛰어다니기도 했다고, 그래서 동네에 창피해서 얼굴을 못 들 정도였다고 했다. 참다못한 작은어머니는 작은아버지를 몇 번이고 정신병원에 입원시켰다. 몇 달 뒤 퇴원하고 나서도 술을 마시면 작은아버지의 환청, 환시증상은 다시 나타났다. 그런데도 작은아버지는 술을 끊어내지 못했고 오십 년에 걸쳐 스무 번이나 입, 퇴원을 반복했던 것이다.

작은아버지가 입원했던 초기 시절의 이야기는 지금 들어도 구역질이 날 정도였다. 여러 명이 체인을 연결해 발목이 묶였던 일 그래서 함께 화장실에 다녀야 했던 일 등 인권을 유린당한 이야기. 간호사가 쌀쌀맞게 대한다고 의사에게 말했다가, 된장국이 싱겁다고 말했다가 엉덩이에 보복성 '코끼리주사'를 맞았던 이야기를 들으면 비참함이 느껴졌다. 당시, 나는 그런 이야기를 들으며 남의 일이 아니라고 스스로를 다잡곤 했었다.

나는 알코올중독 환자만 전문으로 치료하는 정신병원에 입원한 것을 다행이라고 여겼다. 일명, 코끼리주사라고 불리는 '할리페리돌' 약물은 조현병이나 조증을 보이는 환자에게 투여하는데, 주사를 맞으면 온몸에 힘을 빠지고, 이틀 정도 기력을 잃어 잠에 빠지는 지독한 약물이었다. 작은아버지는 젊은 시절, 한 달에 세 번이나 코끼리주사를 맞을 정도로 병원 측에 저항한 적도 있었고, 간호사에게 미움을 사서 큰일이 아닌데도 다른 사람들에 비해 지나치게 학대를 받기도 했다. "묶어버려!", "묶이고 주사 맞을래요? 주사 맞고 묶일래요?"라고 말했던 간호사 목소리를 한동안 환청으로 들었다고 했다.

   가족은 오십 년 동안 작은아버지를 병구완하느라 지쳐갔다. 술주정으로 오붓한 가족관계가 깨지는 것도 당연한 일이었다. 자식들은 작은아버지가 암에 걸리고 나서야 측은한 마음이 생겼다. 그전까지는 곁을 주지 않았다. 집에 잘 오지도 않았고, 명절에 만나도 데면데면 대했다. 그나마, 작은어머니만이 끝까지 남편 곁을 지켜 이혼에 이르지 않을 수 있었다.

   병원 발코니에서도, 작은아버지는 어린 왕자 이야기를 자주 했다. 나는 몇십 년이 지나도 어린 왕자를 똑같이 흠모하는 작은아버지를 순수하다고 생각했다. 한편으로는, 철이 덜 든 어른 같기도 했다. 나는 어린 왕자에 대한 작은아버지 집착이 환시와 환청 증세를 일으키는 원인일지도 모른다는 생각을 한 적도 많았다. 황당하게도 작은아버지는 어린 왕자처럼 우주 공간을 맴돌며 여행하고 있다고 말했다.

   입원 초기, 간호사나 보호사들이 칭찬을 하면 작은아버지는 오히려 어색해했다. 작은아버지는 낯가림이 심했다. 환자들과 잘 어울리지 못했다. 여러 번 입원한 뒤에야 다른 층 환자들과 어울리기 시작했다. 떡진 머리에 말라 터진 미역줄기 같은 머리카락이 삐죽삐죽 나와 있어도, 퀭한 눈으로 창밖을 내다보면서도 작은아버지는 늘 환상 속에 사는 사람이었다. 거칠게 자란 수염이 바람에 나풀나풀 흔들려도 하늘을 볼 때의 시선은 호기심에 가득 차 있었다.

작은아버지는 병실에 별무늬 스티커를 붙여 화제가 되기도 했다. 작은아버지는 병원으로 면회 오는 사라에게 별 모양의 스티커를 사다 달라고 하여 병실 천장에 붙였다. 다른 병실은 화장실에 가려고 밤에 일어나면 유리창 밖에서 들어오는 희미한 교회 십자가 불빛에 의지하며 신발을 찾아야 했지만, 작은아버지 병실은 야광 스티커를 붙여 놓아 누구라도 손쉽게 슬리퍼를 신을 수 있었다. 별을 좋아하는 작은아버지 마음이 다른 환자들에게는 이롭게 작용했던 것이다.

흡연 발코니에서 사람들은 뒷담화를 즐겼다. 우리도 같은 병실 환자의 흉을 보았다. 작은아버지는 옆 침대 노인에게서 지린내가 난다고 했고, 나도 옆 침대 환자를 비꼬았다. 우리는 그렇게 따분함을 달랬다. 의사와 간호사, 상담사가 뒷담화 대상이 되기도 했고, 내 아내와 작은어머니의 모진 성격을 서로 욕하기도 했다.

내 옆 침대에 있었던 환자는 인천대교를 설계한 교량 건축 전문가였다. 미국에서 박사 학위를 받아 대학교수가 되었지만, 알코올중독으로 학교와 가족에게서 버림받다시피 된 불행한 사람이었다. 병원 중앙홀에 '빅북'으로 불리는 알코올중독 책이 있었는데, 그는 영어로 된 빅북을 읽었다. 그제야 나는 그가 미국에서 유학생활을 했다는 사실을 진짜로 믿게 되었다. 그는 알코올로 인해 망상을 경험하는 딜루전 환자였다. 수시로 과대망상증을 보였다. 회진하는 주치의에게 어제 헬리콥터를 몰고 에베레스트 정상에 다녀왔다는 둥, 안나푸르나에서 패러글라이딩으로 포카라호수에 착륙했다는 둥 헛소리를 했다.

앞 침대의 환자는 입원하는 날부터 누군가에게 고성으로 쌍욕을 하며 병동에 들어왔던 사람이다. 그는 유명한 탤런트의 동생이었다. 성과 돌림자가 같은 데다, 형과 똑같이 생겨 처음 마주쳐도 TV에서 본 듯한 인상을 풍겼다. 그는 환촉을 경험하는 중증중독자로, 거미가 거미줄로 온몸을 꽁꽁 싸매고는 얼굴로, 콧구멍으로 기어오르는 꿈을 꿔서 공포에 시달렸다. 점점 심해져 나중에는 거미가 귀로 들어가는 끔찍한 망상을 겪었다.

몇몇 2030환자들은 중독자도 아니면서 일이 하기 싫어 입원한, 일명 '나이롱환자'였다. 그들은 구석 자리, 밖이 잘 보이고 볕이 잘 드는 명당자리를 버젓이 차지했다. 그들은 의사나 간호사 앞에서 일부러 제정신이 아닌 것처럼 행동했다. 기초생활수급 환자들은 병원비의 구십 퍼센트를 국가에서 부담하기 때문에 자부담액이 얼마 되지 않았다. 구태여 밖에 나가 일하지 않아도 밥걱정, 잠자리 걱정 없는 병원에서 지내기를 희망했다. 당시, 코로나가 유행하고 있어서 그들에게는 공짜로 놀고먹기 좋은 피난처였던 것이다.

2030환자들은 자기들끼리만 어울려 다른 환자들에게 눈총을 받기도 했다. 보호사 입회하에 밖으로 나가 족구할 사람을 신청받으면 그들이 재빠르게 먼저 신청했다. 족구하는 환자 절반 이상이 젊은 사람이었다. 족구뿐 아니라 반찬을 배식받을 때도 일종의 카르텔이 형성되어 자기네들끼리 고기나 햄 등 맛있는 반찬을 남보다 많이 퍼주어 눈살을 찌푸리게 했다. 유치하지만, 나는 그들이 반찬을 제 것인 양 마음대로 배식하는 걸 미워했다. 식탐이 없다고 자부했건만, 못 본 척할 만큼 아량이 생기지 않았다. 입원이 장기화되면 규정에 따라 병원에서 퇴원조치 되었는데, 그러면 그들은 다른 병원으로 옮겨 법의 허점을 최대한 활용했다.

작은아버지가 퇴원하는 날, 나는 사라 부부와 함께 병원을 찾았다. 나는 퇴원한 지 오십 일 만이었고, 작은아버지는 입원 육 개월이 지나 있었다. 작은아버지가 퇴원하는 날, 나는 작은아버지 앞에서 죽을 때까지 술을 마시지 않겠다고 선언했다. 나는 작은아버지의 야윈 모습에 가슴이 아파 작은아버지 손을 잡으며 말했다. "오면서 들으니, 사라가 작은아버지 건강검진을 예약했대요. 그동안 술 마시고 주정을 부렸는데도 효도를 받다니 작은아버지는 복 터진 거예요! 아마, 우리 가족이라면… 꿈도 꾸지 못할 일일 걸요?"

그 뒤, 작은아버지를 만난 건 딱 두 번이었다. 첫 번째는 사라가 결혼하는 날이었다. 봄비가 질기도록 내리는, 비가 도로 위에 튀어 구두를 적시는 날이었다. 예식이 끝난 뒤, 가족과 가까운 친척들이 커피숍에 마주앉았다. 퇴원하고 나서 5개월 동안 단주했다고 말하는 작은아버지 눈빛이 또록또록해 보였다. 그런데 갑자기 작은아버지가 눈물을 글썽이며 나에게 말을 꺼냈다. "내가 암에 걸렸대." 나는 놀라서 어떻게 된 일이냐고 물었다. 옆에 있던 작은어머니가 건강검진에서 간암을 진단받았다고 말했다. 작은어머니는 한평생 술을 마셨으니 암에 걸리지 않았겠느냐고 툴툴거렸다. 그렇게 나는 작은아버지가 암에 걸렸다는 사실을 알게 되었다.

암 진단을 받자, 작은아버지는 변했다. 구청 문화센터에서 하는 수필 쓰기 과정, 명상 수업에 다니기도, 가족의 만류에도 불구하고 왕복 십 킬로가 넘는 거리를 걸어 다니면서 시간을 허투루 쓰지 않았다. 팔을 어깨까지 올리면서 걸었더니 늘어졌던 이두박근 근육이 단단해졌다고 자랑하기도 했다.

두 번째, 작은아버지를 만난 날은 항암치료를 위해 병원에 입원해 있던 날이었다. 항암치료가 생명을 조금 연장하는 것에 불과하다는 의사의 말에 작은아버지는 치료받는 것을 거부했다. 현우가 나에게 전화를 걸어와, 아버지가 항암치료를 받을 수 있도록 설득해달라고 부탁했다. 나는 작은아버지에게 전화를 걸었다. 예전에 병원에 입원했던 얘기, 별과 어린 왕자 이야기를 하다 보니 통화 시간이 한 시간을 훌쩍 넘어갔다. 나는 입원해서 항암치료를 받으면 곧 병원으로 찾아가겠다고 작은아버지를 설득했다. 내 전화 때문인지는 모르지만, 작은아버지는 다음날 입원했다.

입원 이후, 곧 나는 병원을 찾았다. 우리는 병원 옥상에 있는 정원에 올라갔다. 휠체어를 탄 작은아버지는 뼈만 남은 야윈 모습이었다. 하지만, 눈빛은 어느 때보다도 또렷했다.

"현우와 사라가 하라는 대로, 나중에라도 그 애들이 후회하지 않게 해주세요."

"평생 짐만 됐는데, 마지막까지 자식 등골만 빼먹게 생겼어."

"지들이 하겠다는데, 고마운 마음으로 받으시면 돼요."

"염치가 없어서 그러지."

작은아버지는 능숙하게 바퀴를 굴려 난간 앞으로 휠체어를 몰았다. 나는 얼른 뒤로 가 휠체어를 밀어주었다.

"하늘이 맑네. 어젯밤에 별을 보려고 올라와 봤는데 구름이 많아서인지 안 보이더라고"

"요즘엔 무슨 별자리가 보이나요?"

"가을에는 카시오페이아지만, 안보이더라고. 그냥 저기 어디쯤이라고 상상하는 거지."

장례식장은 한산했다. 중독자였던 작은아버지는 사람들과의 관계가 많이 깨져 있었다. 일가친척과 지인 몇 명 그리고 현우와 사라의 조문객으로 단출하게 장례가 치러졌다. 나는 사흘 내내 빈소를 지켰다. 염습도 지켜보았다. 시신을 정갈히 닦고, 가족이 돌아가며 마지막으로 고인의 손을 잡았다. 그런데, 그때 교활한 생각이 떠올랐다. 작은아버지 손등을 막 만졌을 때였다. 나는 작은아버지만큼 중증중독자는 아니라고. 나는 작은아버지보다는 오래 살아야 마땅하다고. 좋아했던 사람의 혼백을 보내는 자리에서, 슬퍼서 눈물을 흘리면서도 왜 이런 이기적인 생각이 떠오르는 걸까. 그런 숙연한 분위기에서도 왜 자신만 애틋하게 여기는 걸까. 염을 마치고 나올 때까지 나는 작은아버지에게 죄스런 마음이 들었다. 아직도 술을 잣대에 대고 작은아버지와 비교하는 스스로가 비참했다. 남과 비교하지 말고, 어제의 나와 비교하며 살라고 했던 아내의 말이 되새겨졌다.

문상객이 모두 돌아간 늦은 밤, 현우와 함께 작은아버지 캐리어를 열었다. 장례를 급히 준비하느라 잊고 있었던 일이었다. 현우는 캐리어에 세 자리 숫자 비밀번호가 걸려, 잠겨있다고 말했다. 현우와 사라 그리고 작은어머니 누구도 비밀번호를 짐작하지 못했다. 그때, 나는 612가 아닐까? 하는 생각이 들었다. 숫자

키를 612에 맞추자, 캐리어가 열렸다. 어린 왕자에 나오는 소혹성 B612의 아라비아숫자였다.

캐리어에 들어있는 물건은 단출했다. 옷가지와 전기면도기 그리고 책과 노트 몇 권, 볼펜과 12색 색연필 세트가 전부였다. 책은 닳아서 해진 『어린 왕자』 책이었다. 노트에는 날짜와 재미있는 에피소드를 적어 놓았고, 간간이 사라와 현우의 어릴 때 사진이 붙어있었다. 그래서 노트는 가운데 부피가 늘어 비닐로 된 앞뒤 표지 폭이 모자랄 정도였다.

현우가 A4 크기의 큰 노트를 펼쳤다. 노트에는 그림이 그려져 있었다. 비행기, 우주선, 북두칠성과 오리온자리, 카시오페이아자리 등 별자리 그림들 그리고 나무, 배, 지프차까지. 작은아버지는 정식으로 그림을 배운 적도, 가족 누구에게도 그림 그리는 모습을 보인 적이 없었다. 술만 마시던 작은아버지가 그림을 그린다는 것은 상상도 못했다. 색연필로 세세하게 색칠했다는 사실이 놀라웠다.

작은아버지는 늘 상상을 즐겼다. 비행기의 이, 착륙 원리를 궁금해했고, 자동차의 내연기관과의 차이도 연구했다. 당시, 귓등으로 들었지만… 생각해 보니, 작은아버지는 관심 분야에 대해서는 누구보다 열심히 탐구하는 사람이었다.

노트에 나무 그림도 보였다. 아래쪽에 황토 흙과 잔풀이 있고 굵고 키가 큰 나무 세 그루, 바오밥나무였다. 바오밥나무는 『어린 왕자』에 나오는, 마다가스카르에 많다고 알려진 굵은 몸통에 키가 크고 윗부분은 가는 가지가 복잡하게 얽힌 모양으로 잎이 마치 뿌리처럼 많지 않은 게 특징인 나무였다. 다른 그림에는 하늘은 있었지만 별은 없었다. 대신 토성처럼 띠를 두른 빨간색 우주선을 그렸고, 띠는 주황색으로 칠해 놓았다. 그림그리기를 배우지 않아 조악했지만, 상상력은 유명한 화가가 그린 그림보다도 풍부해 보였다. 나는 상상했다. 그림을 그릴 때의 작은아버지 눈빛을, 그늘 없이 주름살 잡힌 웃음을 그리고 이마 근육이 넓게 펴진 모습을.

현우가 스케치북 마지막 장을 넘겼다. 흑연 가루가 잔뜩 묻은 투박한 연필 글씨가 보였다. 나는 작은아버지의 유서일지도 모른다고 생각했다. '현우와 사라에게 ―두려움은 두려움을 부른다. 언제나 두려움은 앞에 있다. 과거를 기억하며 두려움을 만들지 마라. 두려움은 넘어서라고 있는 것이다. 나는 두려워서 술을 마셨고, 먹으면 안 된다는 생각을 하면서도 평생 술 앞에 굴복했다. 술만 아니었다면, 아버지도 달랐을 것이지만 후회하기엔 너무 늦었구나. 미안하다!' 오른쪽 페이지에는 '사라엄마에게'라고 적은 글도 있었다. 나는 작은아버지가 쓴 시(詩)를 본 적이 없지만, 연도 행도 제대로 형태를 갖춘 시(詩)가 분명했다.

부채감

자네 덕에 시간이 보여
지나간 시간
굽어지고 말았다.

간을 보며
눈치를 보며
자네에 눌어붙어
긴 시간 고약한 덩어리로
마음마저 암(癌)을 키웠다.

자네에게 토한 원죄를
나무가 되어 씻으려나.
그 시간 부채감을
얄궂게도 흙으로 덮고 말다니.

*

　나는 매주 중독자 자조모임에 나가 중독자로 살아온 삶을 참회하고 있다. 퇴원한 뒤부터 마트에 가는 것도, 처가에 가는 일도 삼가고 있다. 마트에 진열된 술병을 쳐다보는 것도, 처남들과 술을 마시는 것도 안 하려고 노력하는 것이다. 아내는 필사적으로 나의 단주 생활을 돕는다. 그렇게, 나는 회사와 집을 오가는 단조로운 생활 속에서, 단주하는 삶을 살아가고 있다.

　현우가 나에게 장례 일, 대부분을 맡겼다. 장례는 수목장으로 정했다. 현우는 수목장에 쓸 묘목으로 값이 싼 측백나무를 골랐다. 하지만, 나는 현우에게 동백나무를 권했다. 그러면서 삼 년 전, 병원에서 있었던 일화를 현우에게 들려주었다. 작은아버지가 겨울을 지나 봄이 올 때 동백꽃을 보고 싶어 했다고. 그때 나는 작은아버지에게 동백꽃이 왜 좋으냐고 물어보았고, 작은아버지는 이렇게 대답했다고. "봄의 시작을 알리는 선홍빛 동백나무 꽃망울이 눈 속에서 삐져나오는 게 씩씩해 보여서 좋아. 동백꽃 꽃말도 좋은데 모르지? 꽃말이 '그대를 누구보다 사랑합니다.'인걸." 지금 생각해보니, 이미 작은아버지는 시인(詩人)처럼 언어를 구사하는 사람이었는지도 모를 일이다.

　나는 서울 근교의 한 추모 공원에 전화를 걸었다. 수목장을 예약하려는데 동백나무가 있느냐고. 관계자는 없지만, 당장 동백나무 묘목을 준비하겠다고 말했다. 나는 별이 잘 보이는 언덕 위에 선홍빛 꽃이 피는 종자로 심어달라고 말했다. 동백나무는 사철나무인 데다 눈과 비에 강해서 수목장 묘목으로 손색이 없었다.

예상대로 추모공원 측에서 동백나무를 잘 준비해 놓았다. 언덕 위에 심겨 있었고, 고인 생일과 사망일이 적힌 푯말이 나무 밑에 놓여 있었다. 가족은 유골을 흙에 섞어 동백나무 뿌리에 뿌렸다. 가족이 돌아가며 한 삽씩 흙을 덮었다. 현우와 사라는 준비해 온 이별 편지를 읽었다. 술 때문에 미워했던 아버지에 대한 그리움을 담은 내용이었다.

한 사람이 떠났다. 작은아버지는 어린 왕자처럼 지구 방문을 마치고 원래의 별로 돌아갔을지도 모른다. 상상을 즐기던 괴팍한 사람, 자유인을 꿈꾸었던 사람이었다. 술에 빠져 인생에 금이 갔을지라도, 가족을 챙기지 못했을지라도, 지구에서 칠십 년 넘게 살다간 사람. 자유인 그의 명복을 진심으로 빌었다. 새벽에 꾸었던 꺼림칙한 꿈 얘기를 아무에게도 못 했지만, 동백나무 아래 무릎 꿇고 작은아버지에게 속삭였다. 죽을 때까지 술을 마시지 않겠다고.

소설 『어린 왕자』에서 어린 왕자가 알코올중독자와 대화를 나누는 대목이 있다. 어린 왕자가 알코올중독자에게 묻는다.

「왜 술을 마시나요?」
「잊어버리기 위해서」
「무엇을 잊으려는 건가요?」
「부끄러움을 잊으려고」
「무엇이 부끄러운데요?」
「술을 마신다는 사실이」

나는 당장이라도 정신과 전문의에게 가야겠다고 생각했다. 술을 끊어낸 지 삼 년이 지났는데도 왜 가위에 눌리는 건지 의사에게 물어보아야겠다. 중독자에게 술은 독이다. 독을 몸속에 퍼붓는 행위는 자살행위이다. 땅속에 있는 미생물도 지상의 식물들과 연결되어 있다. 그리고 살아있는 모든 것들은 죽어서 흙으로 돌아간다. 작은아버지처럼 나도 언젠가는 흙으로 돌아간다.

나는 악몽을 가볍게 여기다가 환시, 환청을, 어쩌면 무시무시한 환촉에 이를지도 모른다는 두려움을 견디며 하루하루를 살아가고 있다. 술을 끊어내자 뜨거운 심장이 몸속에서 박동하는 것을 느낀다. 중독자가 아닌 회복자라서 온전히 느낄 수 있는 기운이다. 회복자는 중독자를 심판하는 의사에게 집행유예를 선고 받은 사람이나 마찬가지다. 염습실에서 작은아버지와 중독의 정도를 비교하는 속 좁은 인간이 나라는 사실이 부끄럽다. 나도 언제든지 중독자로 재발할 위험이 있다. 나는 흙으로 돌아갈 때까지 회복자로서 순간마다 맑은 정신으로 심장이 박동하는 것을 느낄 것이다.

《월간문학》 2025년 10월, 통권681호

인플루언서 판타지

오동목의 부고가 단톡방에 올라왔다. '향년 54세, 오동목 선생 별세'라는 제목과 함께 빈소, 발인일자가 부기되어 있었다. 인터넷을 검색해보았지만, 유명세에 비해 사인(死因)에 대해서는 보도된 바가 없었다.

오동목은 유명한 인플루언서였다. 오동목이 방송하는 유튜브 채널 이름은 '오동나무경제TV'였다. 오동목은 이름 때문인지 초등학생 때부터 별명이 언제나 오동나무였다. 채널 이름에 자신을 각인할 수 있는 별명을 넣어 사람들에게 방송 이름이 연상되길 바랐다. 효과가 있었는지 유튜브가 성공하고 유명해지자 그를 신처럼 추앙하며 따라다니는 골수 세력이 오십 명을 넘었고, 단톡방에 모여 있는 사람은 이천 명이 넘었다. 유튜브 방송 구독자는 백삼십만 명을 웃돌았다. 재테크 방송을 하면서 이 년 만에 백삼십만 명 팔로워를 만드는 것은 쉽지 않은 일이었다. 그의 채널은 다른 방송처럼 미리 만든 질문에 답을 적어서 읽는 방송이 아니라, 실시간으로 질문을 그 자리에서 응답해 주는 라이브 방송이었다. 명쾌하고 빠른 답변 때문인지 방송을 한 지 얼마 되지 않았을 때부터 구독자 수가 빠르게 늘어났다.

오동목의 부인, 서린도 북튜버였지만 인플루언서라고 하기에는 구독자 수가 부족했다. 서린이라는 이름은 유튜브 방송을 시작하던 시기에 개명한 이름이었다. 본명은 서연정, 그녀는 오래전부터 원래 이름보다 도시풍의 이름을 갖고 싶어 했었다.

남편이 죽자 서린은 장례에 대하여 이것저것 살피느라 정신이 없었다. 중3, 고등학교 1학년인 아들들은 아직 어렸고, 시부모도 큰 도움이 되지 않았다. 시부모도 사람들 앞에 나서는 것을 싫어하는 사람들이었다. 그랬기에 오동목의 장례 절차를 감당하느라 서린은 허둥댔다. 누군가가 결정해야 할 사안을 물어오면 별 생각 없이 그러라고 대답해 버렸다. 서린은 병원장례식장에서 소개한 상조회사에 연락하여 상조 상품에 가입했지만, 걱정이 많았다. 특히 조문 오는 사람들의 얼굴을 잘 모르기 때문에 오는 사람마다 어떤 관계였는지 물어보아야 한다는 것도 큰 문제였다.

서린은 생각했다. 오동목의 유명세를 볼 때, 장례위원을 선정해야 유튜브와 관련하여 찾아오는 낯선 조문객을 받기 편할 거라고. 그러려면 오동목의 팬클럽 회장을 맡고 있는 이연정을 장례위원장으로 삼아야 할 거 같았다. 이연정은 작년부터 '오동나무 까뮤'(커뮤니티의 약자로 오동목 팬클럽의 이름)의 회장을 맡은 사십 대 중반의 여자였다. 이연정은 우연한 일이었지만, 서린의 개명 전 이름과 같았고 직업은 치과의사였다. 오동목의 휴대전화에서 연락처를 찾아 이연정에게 장례위원장을 맡아달라고 톡을 보냈다. 그런데, 이연정이 톡을 읽고도 아무런 답이 없었다. 하는 수 없이 서린은 오동목의 제자인 최준을 장례위원장으로 세웠다. 최준은 오동목이 대학교 교수로 있을 때, 조교를 지냈던 제자였다. 나중에 박사 학위를 받았지만, 교수 자리를 구하지 못했다. 오동목은 그런 최준을 불러 유튜브 방송 편집과 출연진 섭외를 맡겼었다. 우여곡절 끝에 서린은 단톡방에 최준이 장례위원장을 맡은 사실을 공지했다.

인플루언서가 되는 방법은 여러 가지였다. 남보다 몇 배의 음식을 먹으며 시청자의 눈길을 사로잡거나, 욕설이나 개그를 하면서 유명세를 얻거나, 스타일리시한 패션으로 옷과 액세서리를 소개하거나, 건강에 관한 정보를 알려주거나. 심지어 막힌 변기를 뚫는 과정을 담는다거나 생닭을 잡는 영상으로, 아무튼 무엇이든 남의 이목을 끌면 되었다. 비슷한 영상이 넘치고 넘쳐 다른 방송과 차별화된 무언가를 갖춰야 관심을 받을 수 있었다.

그뿐이 아니었다. 유튜브를 통해 돈을 벌 방법을 안다고 해도 일단은 유명해지는 것이 먼저였다. 인플루언서 급이 되려면, 과거에 있었던 일에 대해 검증받는 일이 많았다. 장관이 되기 위해 국회 청문회를 치르는 것처럼 신상털기 수준으로, 엄격한 잣대가 요구되기도 했다. 검증 과정을 거쳐 유명해지면 큰 악재가 생기지 않는 한 꾸준히 돈을 벌 수 있었다. 자기를 추앙하고 지지하는 우호 세력이 많아지면, 비판 세력이 생겨도 버틸 힘이 생기는 것이었다. 그래서 지명도도 높이고 돈도 벌 수 있는 인플루언서를 꿈꾸는 사람이 많았다.

이런 이유 때문인지, 인플루언서의 화려함 뒤에 가려진 민낯을 드러내는 드라마가 방영되기도 했다. 어느 언론에는 구독자 백만 명을 확보한 유튜버의 평균 월수입이 이천만 원이라는 보도가 나왔고, 초등학생 장래 희망 일 순위가 유튜버라는 인터넷 기사도 있었다.

오동목은 사십 대의 나이에, D광역시에 있는 사립대학 금융경제학과 조교수가 되었다. 회사에 다니면서 야간대학원을 다녔고, 칠 년 만에 박사 학위를 받아 대학교수가 되었던 것이다. 그는 교수를 하면서 TV 방송과 강연을 다녔고 재테크 전문가로 유명해졌다. 그러더니 이 년 전에 교수를 그만두고 전업 유튜버가 되었다. 전업을 결심하는데 서린의 권유가 결정적으로 작용했다. 교수라는 직업이 주는 명예보다 유튜버로서의 돈벌이를 택한 것이었다.

서린은 칠 년 전, 번역 프리랜서에서 작가와 인터뷰를 통해 책을 소개하는 유튜브를 시작했고 지금은 채널구독자가 십오만 명을 넘었다. 북튜버 채널로는 작지 않은 규모가 된 것이었다. 서린은 남들에게 주목받는 유명한 사람이 되고 싶었다. 결국, 그만두지 않고 계속하여 칠 년이나 걸려 유명해졌다.

십 년 전 오동목이 회사를 그만두고 교수로 직업을 바꿀 때도 서린의 권유가 있었다. 그 당시, 교수 부인이라는 소리를 듣고 싶었던 나머지 서린이 남편을 졸랐던 것이다. 그러다가 서린 자신이 북튜버로 활동하기 시작했고, 남편에게 돈도 벌면서 대중의 주목을 받는 유튜버가 되라고 권하게 되었다.

서린은 경제적으로 형편이 넉넉지 못한 가정에서 자랐다. 중학교 시절부터 문학에 관심이 많았고, 소설가를 꿈꾸기도 했었다. 그런데 가정형편 때문에 대학 진학을 포기해야 했다. 고등학교를 졸업하면서 새마을금고에 취업해 이 년 동안 창구 업무를 담당했다. 학업에 대한 미련이 남아있던 서린은 회사에 다니면서 일본어 학원에 다녔다. 친구들은 이미 대학생인데, 늦었다는 열등감에 국내 대학에 진학하는 대신 일본 유학을 준비했다. 회사에 다니며 악착같이 돈을 모아 도쿄에 있는 전문대학에 들어갔고 얼마 뒤, 교토대학으로 편입했다. 무라카미 하루키라는 일본 소설가를 흠모한 나머지, 대학에서 문예창작학과를 다녔다. 전공 덕분인지 한국으로 돌아와 취업한 곳이 번역 서적을 주로 내는 출판사였다. 그곳에서 서린은 번역 일을 하면서, 일감이 없을 때는 국내 에세이 도서를 편집하는 일을 도왔다.

 서린은 출판사에 근무하던 시기에 고향 친구 소개로 남편 오동목을 만났다. 오동목도 자기처럼 가난한 집안 출신이었다. 오동목은 대전에서 서울에 있는 대학으로 어렵게 진학했다. 서린은 고깃집 철판을 닦거나 공사판에서 자갈을 나르는 아르바이트를 했다고 말하던 오동목의 성실한 모습에 반했다. 비슷한 집안 형편이라는 점에 동질감도 느꼈다. 결혼한 이듬해와 그 이듬해, 연년생으로 아들 둘이 태어났다. 오동목은 대기업에 다니면서 대학원 공부를 계속했다.

 한때, 서린은 일인 출판사를 차렸었다. 그러나 매출이 오르지 않았다. 출판사가 자리 잡지 못하자, 서린은 틈나는 대로 번역 프리랜서로 일하면서 생계를 도왔다. 그러다가 서린은 우연한 기회에 북튜버가 되었다. 고등학교 친구 모임에 나갔다가, 친구들이 블로그와 유튜브 등 SNS에 심취해 있는 것을 보고 자신도 SNS에 빠진 것이었다. 서린은 일본어 실력을 갖추었고, 책을 편집하는 일에서 누구보다 잘 안다고 생각했다. 북튜버로 일본 책을 소개하면 용돈벌이 정도는 할 수 있을 거로 생각했다. 그러다가 유튜버로 돈을 버는 사람들에 대한 책을 읽었고, 영상 편집 기술을 배워 수준 높은 방송을 만들면 많은 수입을 거둘 수 있을 것 같았다. 그렇다고 처음부터 북튜버의 길이 순탄한 것은 아니었다. 그래도 끈기 있게 버티며 중도에 포기하지 않았다. 초기에 광팬이 되어 준 몇몇 팔로워의 지치지 않는 응원이 큰 힘이 되었다. 게다가 꼬박꼬박 급여를 받아오는 오동목 때문에 살림하는 데 별다른 어려움이 없었다. 그렇게 유튜브 방송이 자리 잡을 때까지 긴 시간을 버텨냈다. 서린은 칠 년 동안 유튜브를 통해 느리지만, 꾸준하게 구독자 수를 늘려나갔다.

서린은 남편의 빈소에 조문 오는 사람들이 많을 거라는 생각에 장례식장 특실을 잡았다. 오동목이 행사할 때마다 빠지지 않고 자원봉사를 하는 극성팬들이 오십 명은 넘었다. 대부분 부자가 되기를 꿈꾸는 여자들이었다. 이십 대부터 육십 대까지 다양한 사람들이 오동목을 교주처럼 따랐다. 오동목의 일정을 공유하는 자기들만의 단톡방이 따로 있을 정도였다. 어쨌든 그들 대부분은 빈소에 다녀갔다. 그런데 회장인 이연정은 눈에 띄지 않았다. 몇몇 회원들은 이연정이 전화를 안 받는다며 수군댔다.

서린에게 오동목의 사인을 묻는 조문객이 있었다. 서린은 남편이 스트레스를 많이 받았는지 갑자기 뇌출혈로 쓰러졌다고 둘러댔다. 유언 한 마디 남기지 못했다고. 처음에는 사람들이 사인을 물을 때마다 거짓말로 둘러대는 것이 어색했지만, 여러 번 하다 보니 자연스럽게 말이 나왔다. 사실, 사람들은 오동목의 사인에 크게 관심이 없어 보였다. 앞으로 유튜브의 채널 수입이 어떻게 관리 될지, 방송을 누가 진행할지, 그게 아니라면 방송을 없앨 것인지, 그런 것에만 관심이 있어 보였다.

오동목의 예금통장에 큰돈이 남아 있었다. 휴대전화 앱을 통해 잔액을 확인한 서린은 깜짝 놀랐다. 재테크 강의를 하며 실시간으로 구독자에게 수익률 높은 투자, 가치투자 방식을 주장하던 남편이 왜 이자가 몇 푼 되지도 않는 은행 통장에 큰돈을 넣어두고 있었는지 이해되지 않았다. 이 정도 금액이면, 서울에 작은 건물을 살 수 있었을 것이고, 그 건물을 임대 놓는다면 월세 수입이 수천만 원이 될 터였다. 서린은 오동목의 진짜 속내를 알 수 없었다. 서린은 보험설계사에게 사망보험금 청구를 부탁하고 오동목의 통장에 있는 돈을 찾아 자신의 통장에 입금했다.

삼우제를 지내고 원래의 일상을 되찾은 서린은 북튜버로서 밀려있던 저자들과의 인터뷰를 위해 무리하게 일정을 잡았다. 하루에 두 명의 작가와 유튜브 영상을 녹화하고 편집했다. 그 와중에도 집에 오면 남편이 생각났다. 저녁밥을 먹고 아이들과 소파에 앉아 TV를 보던 오동목의 모습이 그리워지고 헛헛했다. 아이들도 마찬가지 심정일 것이었다.

오동목은 가족에게 헌신적이고 자상한 사람이었다. 다혈질이라 버럭 화를 내기도 했지만, 곧 화를 내서 미안하다고 표현하는 따뜻한 사람이었다. 돌이켜보면, 오동목은 평범하게 살기를 원했었는지도 몰랐다. 대학원이야 본인이 원했다고 쳐도 박사 학위까지 따라고 하거나, 교수를 해보면 어떻겠느냐, 교수를 그만두고 유튜브를 하라는 둥 재촉하고 다그친 사람은 서린이었다. 교수를 그만둔 뒤, 오동목은 잠이 부족할 정도로 피곤해했고 빠듯한 일정에 힘들어했다.

오동목은 인플루언서가 되는 과정에서 남다른 능력을 발휘했다. 외부 강의에 항상 따라다니는 팬클럽 그룹을 성골그룹으로 분류해 '진또팀'이라고 명명했다. 외부 활동을 할 때, 참석 인원을 늘려서 모임의 세를 과시해야 할 경우가 있었다. 이때, '진또팀' 회장이 SNS에 홍보하면 전국 각지에서 극성팬들이 모였다. 오동목과 진또팀 회장은 그들을 진골그룹으로 분류했고, '오동나무팀'이라고 불렀다. 역할에 맞게 팬클럽을 진또팀, 오동나무팀으로 나누어 행사를 치를 때마다 도움을 받았다.

일상으로 돌아온 서린은 오동목이 왜 스스로 목숨을 끊었는지 이유가 궁금했다. 사람들 모르게 알아보겠지만, 진짜 이유를 알아야 오동목에게 느끼는 죄책감에서 벗어날 수 있을 것 같았다. 서린은 왠지 오동목의 죽음이 이연정하고 연관이 있을 것 같았다. 오동목이 이연정과 뭔가 있을 거라는 눈치를 챈 것은 일년 전, 이연정이 팬클럽 회장이 될 무렵이었다. 사실, 오동목과 서린은 몇 년 전부터 각방을 써왔고 부부관계를 하지 않았다. 몇 년 전, 오동목이 술에 취해 와이셔츠에 립스틱 자국을 묻히고 귀가한 적이 있었다. 결국 그 일로 싸우다가 오동목의 한마디 말을 듣고 서린은 각방을 써왔었다.
"너랑 하면, 재미가 없어! 맛이 없다고!"
오동목은 잘생긴 데다가 키가 커서 사람들에게 인기가 많았다. 뱃살이 없는 백팔십 센티의 키에 줄곧, 칠십이 킬로그램의 체중을 유지했다. 게다가, 다른 남자보다 크고 튼튼한 성기를 소유하고 있었다. 서린에게 우스갯소리로 고등학교와 군대에서 성기 크기 시합을 벌여 일등을 했던 무용담을 자랑하곤 했었다.
서린이 남편과 이연정의 외도를 알면서도 참은 이유는 따로 있었다. 서린, 자신도 남편 외도 시기와 비슷하게 열 살 연하의 남자와 부적절한 관계를 맺었고 지금까지도 이어지고 있었다. 그 남자는 마흔 살 총각으로 웹툰 작가였다. 굵고 낮은 음성으로 조곤조곤 말하고, 서린의 하소연이나 넋두리를 참고 들어주는 자상한 사람이었다. 오라면 오고, 문자 보내지 말라고 하면 그렇게 하는 말도 잘 듣는 사람이었다. 미술을 전공해서인지 옷도 세련되게 입고 격조 높은 대화를 할 정도로 상식이 풍부한 사람이었다. 혹여, 서린이 먼저 헤어지자고 해도 군말 없이 받아들일 사람이라는 생각에 부담 없이 만나고 있었다.
서린은 이런저런 생각에 머리가 어지러웠다. 찬 공기를 쐴 겸, 아파트 밖 놀이터로 나가 벤치에 앉았다. 늦은 밤이라 그런지 놀이터에는 아무도 없었다. 담배를 꺼내 불을 붙였다. 서린은 유튜브를 시작하던 시기인 칠 년 전에 담배를 끊었었다. 심란한 마음에 이틀 전, 담배 한 갑을 사서 하루에 몇 개비씩 다시 피우기 시작했다. 서린은 담배를 길게 빨았다가 연기를 내뿜었다. 잡념이 연기와 함께 머리에서 빠져나가는 것 같았다. 다시 담배를 깊게 빨며 생각했다. 이연정이 외도의 당사자라는 죄책감 때문에 빈소에 찾아오지 못했을 거라고. 이상하게도 서린은 이연정에 대하여는 크게 적개심이 생기지 않았다. 죽은 사람은 어쩔 수 없지만, 미혼인 그녀가 결혼할 때, 죽은 남편 때문에 불이익을 받지 않기를 바랄 뿐이었다. 오동목과의 과거를 덮고, 좋은 남자를 만나 잘 살았으면 좋겠다고 생각했다.

  서린은 손가락으로 담뱃불을 털어내고 꽁초를 바지 주머니에 넣고 일어났다. 오동목이 남긴 돈이 적지 않지만, 아이들을 양육하려면 돈을 잘 지켜야겠다고 생각했다. 서린은 시부모와 두 아이에게 오동목이 자살했다는 것을 알리지 않았다. 소문대로 뇌출혈이 원인이라고 둘러댔다. 죽기 전에, 발음이 꼬일 정도로 말이 어눌해지고, 두통에 어지러운 증세가 나타나 병원에 간다는 오동목의 전화가 마지막 연락이었다고 둘러댔다. 서둘러 병원에 가보니 이미 사망해 있더라고 거짓말을 했다. 병원장례식장에서 사무를 보는 사람들에게도 일일이 찾아다니며 따로 부탁했다. 아이들과 시부모님이 놀랄 수 있으니, 뇌출혈이 사인이라는 거짓

말을 해 달라고.

　자살이 사인이라는 사실은 서린과 보험회사 직원만 알고 있었다. 종신보험에서 사망보험금이 나오지만, 나머지 보험은 자살의 경우 면책되어 보험금을 받을 수 없었다. 시부모는 보험이나 남편의 유산에 대하여 한마디도 하지 않았다. 다만, 아버지 없이 지낼 손자들이 기가 죽지 않을까 걱정했다. 시누이만이 오빠가 유튜브로 큰돈을 모았을 거라고 구시렁거렸다. 시누이는 서린에게 돈을 빌리고 싶어 하는 눈치였다. 하지만, 서린은 시누이를 외면했다. 신혼 초기, 시누이에게 눈총을 받았고 자신을 탐탁지 않아 했다. 시어머니에게 오빠 정도라면 큰 부잣집 사위도 될 수도 있었다고 말하는 소리가 들려오기도 했었다.

　삼우제를 치르고 난 며칠 뒤, 장례위원장을 맡았던 최준이 서린을 찾아왔다. 그는 진또팀, 오동나무팀 모두와 긴밀하게 지내는 사람이었다. 최준은 다짜고짜 이십억 원에 '오동나무TV' 방송에 대한 모든 권리를 양도해 달라고 제안했다. 삼십 대인 그가 이십억 원이라는 큰돈을 서슴없이 말해 조금 놀랐지만, 서린은 생각해 보겠다고 말했다.
　'오동나무경제TV'에는 이미 찍어 놓은 영상이 칠백 편이 넘었다. 여전히 유튜브로 인한 수입이 발생하고 있었다. 사망신고를 하면 저작권에 대한 권리가 유족에게 넘어오게 되어있었다. 오동목이 죽었지만 사후 칠십 년간 저작권을 보호받을 수 있었다. 하지만 들어오는 수입은 점점 줄어들 게 뻔했다. 유튜브 구독자들에게 오동목의 사망 소식이 빠르게 전파되고 있었다. 새로운 방송을 올리지 않자 이런저런 말들이 생겨나고 있었다.

서린은 고민 끝에 오동목의 유튜브 채널을 팔기로 했다. 서린은 남편 친구인 K변호사에게 방송권 양도계약을 맺도록 위임했다. 상속세를 납입하고 오동목의 종합소득을 세무서에 신고하는 일도 남편이 거래하던 회계사에게 위임했다. 오동목은 세금을 내고도 서린과 연년생 고등학생 두 아들에게 총 백억 원의 유산을 남겨주었다.

'오동나무TV' 채널을 양도하는 일은 원만히 처리되었다. 마지막 잔금이 입금되고 얼마 되지 않았을 때였다.『성공하는 말씨, 폭망하는 말투』라는 에세이 작가 L로부터 이연정이 결혼한다는 소식을 전해 들었다. 그날, 서린은 평상시와 마찬가지로 작가 L과 유튜브를 찍었다. 서린은 촬영을 마치고 돌아가는 L을 스튜디오로 쓰는 오피스텔 엘리베이터까지 배웅했다. 엘리베이터 하행 버튼을 누르고 기다리는데, L이 말을 걸었다.

"이연정 씨 결혼한다는 소식 들으셨어요?"

배웅을 마치고 스튜디오로 돌아온 서린은 H에게 전화를 걸었다. H는 서린이 유튜브를 시작할 때부터 구독자였고, 동시에 오동목의 '진또팀' 멤버였다. H를 안 지는 서린이 더 오래되었지만, H는 오동목의 유튜브에 보다 헌신적이던 사람이었다. 주부였던 H는 자기 시간을 아끼지 않고 오동목의 행사에 따라다니는 멤버였다. 전화를 받은 H가 모바일 청첩장을 톡으로 전달해 주었다. 서린은 모바일 청첩장을 열어보았다. 여느 청첩장과 똑같이 예식 일정과 신랑 신부가 함께 찍은 웨딩사진이 담겨 있었다. 항상 그랬듯이, 당사자인 신부 이름만 확인하고 장소, 시간만 휴대전화 일정표에 입력했다. 늘 그렇듯이 모바일 청첩장에 올라온 사진을 유심히 보지 않았다.

  서린은 남편을 대신해 이연정의 결혼식에 참석했다. 예식날 일정이 한가했고, 이연정에 대한 적개심이 없기에 축하해 줘야겠다고 생각한 것이었다. 그런데 서린은 예식장 로비에 들어서자마자 깜짝 놀랐다. 턱시도를 입고 인사하는 신랑이 최준이었다. 서린은 신랑과 신부대기실에 다가가지 못하고 사람들이 몰려있는 공간에서 물러 나왔다. 휴대전화를 열어 H에게 받은 모바일 청첩장을 확인했다. 신랑 이름 란에 '최○○의 장남 최오동'이라고 쓰여 있었다. 지금 보니 신랑 이름이 자신의 남편 이름과 비슷했다. 최준이 유튜브를 운영하기 위해 최오동으로 개명한 거라는 생각이 들었다.

  H에게 전화했다. 전후 사정을 모르는 H는 곧 예식이 시작되니, 어서 식장 안으로 들어오라고 했다. 서린은 흥분을 가라앉히

고 신랑이 최준 맞냐고 물어보았다. H는 신랑은 최준이며, 최준이 '오동나무TV'를 운영한다고 이름을 최오동으로 개명했다고 말했다. 서린은 놀란 가슴을 진정시키려고 엘리베이터를 타고 예식장 건둘 일 층으로 내려가 커피숍으로 들어갔다. 커피숍은 사람들로 붐볐다. 서린은 숨을 돌리기 위해 걷는 게 더 나을 것 같다고 생각했다.

  서린은 길을 걸으며 복잡한 마음을 진정시켰다. 유튜브 채널 인수대금인 이십억 원을 최준이 아닌 이연정이 마련해 주었을 거라는 생각이 들었다. 어쩌면, 남편의 자살 이유가 이연정이 양다리를 걸쳤기 때문일지도 모른다는 생각까지 상상이 확장되었다. 이십억 원이 남편인 오동목으로부터 이연정에게 넘어간 게 아닐까? 하는 억지스러운 추측까지 생각이 꼬리를 물고 이어졌다.

  서린은 이연정의 미모를 별로라고 생각했다. 젊다는 거 말고는 미모에서 자신이 낫다고 생각했었다. 치과의사라는 직업에 오동목이 끌렸을 가능성도 없었다. 오동목도 교수 출신이었기에 직업으로 주눅들 이유가 없었던 것이다. 서린은 남편이 이연정에게 끌린 이유는 젊다는 것 하나라고 애써 자신의 마음을 달래왔었다. 자신의 미모가 낫다는 생각 때문에 이연정에게 적개심이 생기지 않는 것이라고 생각한 적도 있었다.

  대로에서 조금 벗어나자, 길옆에 벤치가 눈에 들어왔다. 벤치에 앉아 핸드백을 열었다. 축의금 봉투가 보였다. 돈을 꺼내 지

갑에 끼워 넣고 빈 봉투를 반으로, 다시 반으로, 그렇게 계속 접었다. 여러 번 접다 보니 봉투가 성냥갑처럼 작아졌다. 서린은 핸드백에 들어있던 남편의 휴대전화를 꺼냈다. 아직 전화를 해지하지 않아 모든 기록이 남아 있었다. 통화 내용이 녹음된 파일을 열었다. 열흘 치의 내용이 녹음되어 있었다. 아마 오동목이 죽기 열흘 전에 휴대전화를 초기화한 것 같았다. 파일을 하나씩 열어 보아도 이연정이나 최준과 통화한 기록은 없었다.

도대체, 왜 유서도 없이 차 안에 번개탄을 피우고 자살한 건지 짐작되지 않았다. 서린은 무표정하게 앉아 이런저런 생각에 잠겼다. 남편에 대한 그리운 마음과 불쌍하다는 두 가지 마음이 겹치면서 눈시울이 붉어졌다. 불쌍한 남편을 이해하는 마음보다 의심하는 마음이 큰 게 사실이었다. 서린은 자신의 외도는 합리화하고, 남편을 의심하는 이기심이 놀라웠다. 남편 휴대전화에서 인터넷을 검색했던 내용을 살펴보고 메일을 뒤져보아도 특이점이 없었다. 인스타그램이나 블로그 계정에 들어가 악성 댓글이 있는지 살펴보아도 별다른 점을 발견할 수 없었다. 오동목은 어지간한 댓글에 상처받거나 반응하지 않았다. 진토팀 멤버들이 멘탈 강한 인플루언서라고 칭송할 정도였다. 유추해 볼 사망원인이 어디에도 없다는 사실이 당혹스러웠다. 오동목이 죽기 전에 자신에게 마지막으로 보낸 톡을 떠올려 보았다.

'고마웠다. 행운이다. 돈 잘 지키고.'

사실 서린은 오동목이 보낸 이 세 문구의 톡을 보면서 며칠을 생각했었다. 열세 글자에 담긴 속내가 궁금했다. 세 문구는 주어가 모호한 문장이었다. 서린을 만난 것이 행운이었다는 건지, 서린의 앞날에 행운을 빈다는 것인지 의미를 알 수 없었다. 고맙다는 말도 무엇을 고마워하는 건지 모르기는 매한가지였다. 아내로서 서린이 고맙다는 건지, 가족에게 고맙다는 건지. 돈 지키기라는 말도 의심스러웠다. 투자를 해서 불리라는 건지, 안전한 은행에 넣으라는 건지. 경제 공부를 해서 잃지 말라는 건지. 도통 알 수 없었다.

서린은 집으로 돌아가 신용카드 명세를 확인해야겠다고 생각하며 벤치에서 일어났다. 혹시라도 호텔에서 카드를 썼을지도 모를 일이었다. 오동목의 평소 성격으로 볼 때, 오해를 살만한 장소에서 신용카드를 사용하지 않았겠지만, 죽기로 마음먹었다면 카드를 썼을 수도 있었다. 그러나 확인한 신용카드 내역에서 특이한 내용은 없었다. 차에 주유하거나 커피와 밥을 사 먹은 게 전부였다. 조금 의아한 점은 번개탄을 산 흔적이 없다는 점이었다. 오동목은 평소에 현금을 들고 다니지 않았다. 서린은 오동목이 번개탄을 어디에서, 어떻게 구입했는지 궁금해지기 시작했다.

두 시가 넘었는데도 잠이 오지 않자, 서린은 하는 수 없이 수면유도제를 먹었다. 필요할 때만 먹으려고 병원에서 약을 처방받은, 오랫동안 먹을 일이 생기지 않아 약상자에 담겨있었던 것인데. 남편이 죽은 뒤부터 먹는 일이 잦아졌다. 보통 약을 먹으면 여섯 시간 이상 자곤 했다.

여섯 시 삼십 분, 수면유도제를 먹었지만 서린은 네 시간 만에 꿈에서 깨어나며 눈을 떴다. 어릴 적 살던 집 마당에 있는 살구나무를 타고 검은 뱀이 기어 올라가는 것을 대청마루에서 물끄러미 바라보는 꿈이었다. 왜 지금은 사라져 교회 건물이 들어선 옛집이 꿈에 나왔는지, 왜 뱀이 나타났는지, 꿈속에서 자신은 왜 뱀을 보고도 도망치거나 피하지 않았는지 서린은 궁금했다. 인터넷 사이트에서 뱀 해몽에 대하여 검색했다. 뱀에게 물리는 꿈은 길몽이고 재물이 들어올 운세라고 적혀 있었다. 나뭇등걸을 타고 뱀이 기어오르는 것을 바라본 꿈에 대해서는 세세하게 나오지 않았지만, 흉몽이고 죽음을 상징한다고 해석하는 글이 간혹 눈에 들어왔다.

서린은 뒤숭숭했지만, 신경 쓰지 않기로 마음먹었다. 주방으로 나와 원두를 갈아 커피 한 잔을 내렸다. 평소에 아끼느라 잘 쓰지 않던 도자기 잔에 커피를 담았다. 우두커니 식탁에 앉았다. 심신이 노곤했다. 머릿속을 어지럽히는 온갖 잡념을 버리고 편하게 생각하고 싶었다. 골치 아프게 살다가는 자신마저 죽을병을 얻을 것 같았다. 죽은 남편을 의심하는 생각에 꽂혀서 하루하루를 보내는 게 지겨웠다. 이 정도에서 모든 걸 덮고 예전의 일상을 다시 찾아야겠다고 생각했다. 이연정이 삼각관계를 유지했던

안했던, 그 사실을 안 오동목이 낙담했든, 안 했든 그리고 번개탄을 어디에서 샀든 이제 와서 무슨 소용이 있겠는가 싶었다. 그런다고 오동목이 다시 살아나는 것도 아닌데 하는 생각으로 치부하자, 어수선한 마음이 조금은 가벼워졌다.

오동목이 이연정에게 책잡혀서 돈을 뜯겼든 아니든 간에 이연정은 지금 다른 사람의 아내로 신혼여행을 떠났을 것이다. 게다가 이연정의 남편이 된 최준은 오동목의 충직한 제자였다. 오동목은 최준을 누구보다도 각별히 생각했다. 방송을 하면서 생기는 모든 일을 최준과 공유할 정도였다. 방송 편집과 패널 섭외는 물론 회계 등 운영자만 알 수 있는 정보까지 알고 있는 사람이 최준이었다. 최준이 채널을 인수해 '오동나무경제TV'라는 이름을 그대로 사용하기로 한 이상, 유튜브로 성공하기를 빌어주는 게 나을 것이었다. 그게 오동목의 명예를 실추시키지 않는 방법이고, 구독자들에 대한 도리라고 생각했다.

서린은 식은 커피를 마저 마셨다. 쓴맛이 아닌 탄 맛이 나며 액체가 목젖을 지나 식도를 지나는 느낌이 좋았다. 서린은 신맛 나는 커피보다 탄 맛을 좋아했다. 그래서 탄 맛이 나게 로스팅한 에티오피아 커피를 즐겨 먹었다. 특히 예가체프 커피를 좋아했다. 고개를 젖히고 남김없이 커피를 마셨다.

서린은 당분간 재혼할 마음이 없었다. 지금 생각에는, 시간이 지나도 재혼 생각이 안들 것 같았다. 오동목과 각방을 쓰며 서로에 간섭하지 않고 산 몇 년 동안 별로 불편하지 않았었다. 서린은 본업인 북튜버를 해도 생활비 정도는 벌 수 있었다. 오동목이 남긴 유산으로 월세를 받을 수 있는 건물을 구입해서 나중에 아이들에게 물려주면 그만이었다. 아버지가 번 돈이니 자식들에게 물려주는 게 맞을 것이다.

돌이켜보면, 오동목은 마음씨가 착한 사람이었다. 예의 바르고 창의적이며 진취적인 성격이었다. 누구든 이런 성격을 가진 오동목에게 호감을 느낄 만했다. 서린도 남편을 두고 웹툰 작가를 사귄 사실에 죄책감이 남아 있었다. 앞으로는 아이들 앞에서 떳떳해지고 싶었다. 시부모와 시누이 앞에서도 거리낌 없는 모습을 보이고 싶었다. 오동목이 없어도 자기 일을 잘 해내는 사람이 되고 싶었다. 잘못 끼워진 단추를 하나씩 제대로 맞추어야겠다고 생각했다. 그래야 저승에 있는 오동목에게 속죄하고 도리를 다하는 사람이 될 것 같았다.

우선, 웹툰을 그리는 남자에게 결별을 선언해야겠다고 마음먹었다. 아마, 그는 서린의 뜻에 흔쾌히 동의해 줄 것이었다. 집을 이사하는 것도 괜찮은 생각이었다. 오동목이 앉았던 공간과 잠자던 방을 매일 봐야 하는 서린과 아이들 기억을 지울 필요가 있었다. 서린은 자신도 흠이 많은 사람이라는 생각이 들었다. 복에 겨운 나머지 외로웠을 남편의 마음을 달래주지 못한 것 같았다. 각방을 쓰자고 먼저 말한 것도 서린이었다. 이유를 묻지 않고 옷과 책을 건넌방으로 옮기던 오동목의 모습이 떠올랐다. 오동목은 서린이 제안하는 일에 대부분 동의해 주던 배려심 많은 사람이었다.

늦은 점심을 먹고 서린은 남편이 스튜디오로 쓰던 오피스텔로 발길을 옮겼다. 유튜브 채널을 최준에게 넘기면서 웬만한 짐도 넘겼지만, 오동목 개인이 쓰던 물건을 정리해야 했다. 일 층 우편함에 몇 통의 우편물이 끼워져 있었다. 우편물을 들고 십오 층 오피스텔로 들어섰다. 몇 년 만에 와보았는데 생각보다 깨끗했다. 짐은 책상과 의자, 책장에 꽂혀있는 책과 문구류가 대부분이었다. 복층으로 된 위층에는 침낭과 소형 TV가 있었다. 무겁거나 부피가 큰 짐을 빼고 간단한 물건만 쇼핑백에 담았다. 그러곤 일회용 커피를 타서 의자에 앉았다. 꺼내온 우편물을 살폈다. 우편물 중에 경찰서에서 온 이상한 편지가 섞여 있었다. 긴장되는 마음으로 봉투를 열어보았다. 피의자 조사를 위해 경찰서에 출두하라는 통지서였다. 자세히 보니 '고소인 : 최○○, 피의사실 : 위계관계에 의한 강제 성추행 의혹'이라고 쓰여 있었다.

놀라웠다. 서린은 머리를 감싸 안고 흐느끼기 시작했다. 이제야 남편의 사인에 대한 퍼즐이 맞춰지는 느낌이었다. 말수가 적고 속으로 여린 성격이었던 오동목은 서린에게도, 이연정이나 최준에게도 이런 상황을 상의하지 못했을 것이었다. 혼자 끙끙 앓

다가 자살을 결심했을 거였다. 고소인인 최○○이 누구인지 알 수 없었지만, 최준에게 물어보지 않았다. 소문이 나봤자 피해를 보는 것은 오동목과 남겨진 가족뿐이라는 생각이 들었던 것이었다. 서린은 한참을 울다가 밖으로 나왔다.

  당장 사망신고를 해야겠다고 생각했다. 병원에서 미리 떼어둔 사망진단서를 가지러 집으로 향했다. 집으로 돌아온 서린은 오동목이 교수로 재직하던 시절의 몇 년 치 졸업앨범을 뒤지기 시작했다. 그러다가 최○○를 찾았다. 사 년 전, 대학원 과정을 졸업한 학생이었다. 앨범 사진으로만 확인한 거지만, 예쁜 얼굴이 아니었다. 나이만 어릴 뿐, 서린은 자신의 미모가 낫다고 생각했다. 자신보다 덜 예쁘다는 생각에 조금 위안이 되었다. 서린은 죽은 남편을 두고 지금도 잣대를 대며 비교하는 자신이 한심했다. 어느 때보다도 자신의 속물근성이 느껴졌다.

  사망신고를 하는 것은 의외로 간단했다. 오동목에 대한 애틋한 마음이 남아 있었지만, 서린 머릿속에 성추행이라는 불편한 단어가 계속 맴돌았다. 배신감이 들었다. 성추행 사건이 일어난 시기에는 오동목이 교수로 재직하던 시기였다. 부부가 각방을 쓸 때도 아니었고 금실이 좋았던 시기였다.

  주민센터에서 나왔다. 주차장 한쪽에 담배를 피울 수 있는 정자가 있었다. 정자에는 사람이 아무도 없었다. 정자에 앉아 담배에 불을 붙였다. 다시 라이터 불을 켜고 이글거리는 불꽃을 보는

데 지폐 다발이 불타는 환영이 보였다. 어쩌면 환영이 아닐지도 모른다는 생각도 들었다. 서린은 요즘 오동목이 남긴 돈이 빠르게 사라질지 모른다는 걱정에 사로잡혀 있었다. 명예보다 돈을 지키고 싶어서 오동목이 자살을 선택했을 거라는 생각도 들었다. 누구보다도 오동목의 마음을 잘 아는 사람은 서린 자신이었다. 오동목은 가난한 집안 출신으로 어렵게 모은 돈을 지켜내려는 집착이 강한 사람이었다. 다시 담배를 깊게 들여 마셨다가 연기를 내뿜었다. 오동목에 대한 모든 의심과 그리움이 담배 연기와 함께 사라져 버렸으면 좋겠다고 생각했다. 퇴근하려고 주차장에서 차를 빼는 주민센터 공무원들의 분주한 모습이 눈에 들어왔다.

서린은 정자에서 일어났다. 모든 생각을 내려놓고 흐드러지게 잠을 자고 싶었다. 핸드백 안에 남아 있던 남은 담배를 갑 채 구겨서 쓰레기통에 버렸다. 오동목에 대한 의심 그리고 서린의 죄책감이 담뱃갑처럼 버려졌으면 좋겠다고 생각했다. 고개를 들어 하늘을 보니 유난히 높고 푸른 날이라는 생각이 들었다.

《서정문학》 소설신인상 수상작

장어 프로젝트

세상에는 기이한 사람도, 불가사의한 일도 많다. 최근에 영화처럼 반전을 거듭하는 일을 겪었다. 이 일이 영화라면, 주연 배우는 남웅이라는 사람이고 사장과 나는 조연이라고 말할 수 있다. 내 역할은 보잘것없는 엑스트라였지만.

나는 제약회사에 근무 중이다. 나는 돌다리도 두드려보고 건널 만큼 신중하게 일한다는 평을 듣는다. 그래서인지 꼼꼼함이 요구되는 총무파트 또는 회계파트에서 일해 왔다. 회사 창립 멤버였기 때문인지, 운 좋게 승진을 거듭하여 이년 전부터 회계, 총무 그리고 인사부서를 총괄하는 임원으로 일하고 있다.

우리 회사는 세상에서 주목받지 못하던 작은 제약회사였다. 그런데 얼마 전, 코스닥에서 시가총액 1위를 다투는 대기업이 되었다. 전에 어느 바이오기업이 벤처회사에서 대기업으로 급성장하는 과정을 다룬 다큐멘터리를 TV에서 시청한 적이 있었다. 그런데, 우리 회사는 그 회사보다도 더 빠르게 성장하여 세상의 주목을 받고 있었다.

사장과 함께 미국행 비행기에 올랐다. 코스닥에서 시가총액이 가장 많은데도, 사장은 이코노미 클래스 좌석을 고집했다. 사실, 그럴만한 이유가 있었다. 지금, 우리 회사는 살아남느냐? 중소기업으로 전락하느냐? 하는 중요한 시기에 있었기 때문이다. 사장과 나는 회사의 사활이 걸린 일을 해결하러 미국으로 가는 거였다.

남웅 센터장이 미국에서 실종된 지, 삼 주가 지났다. 그는 우리 회사에서 가장 중요한 사람이었다. 회사뿐 아니라 우리나라의 이익에도 영향을 끼칠 수 있는 인물이었다. 그런 그가 미국 땅에서 돌연히 실종되었다. 납치당한 건지, 스스로 달아난 건지, 혹시 누구와 짜고 벌인 일인지 전혀 알 수 없었다. 단서조차 없었다. 국정원은 물론 미국 정부까지 나서서 남웅 센터장을 찾았지만 속수무책이었다.

이유를 모른다는 점 때문에 더 불안했다. 사장과 내가 미국에 간다고 해서 그를 찾는다는 보장도 없었다. 그렇다고 손 놓고 한국에서 소식을 기다리는 것은 답답한 일이었다. 사장은 안절부절못하면서 술로 끼니를 대신하다시피 했다. 그러던 사장이 어제 돌연히 미국에 가자고 말했다. 그래서 사장과 내가 미국으로 출발하게 되었다. 계획 없이 무작정 떠나는 여정이었다.

   넉 달 전, 애런 볼드윈을 태운 전용기가 서울공항에 도착했다. 서울공항은 대통령이나 국빈만 이용하는 군사 공항이었다. 애런이 경호 인력 몇 명만 대동하고 입국한 것은 이례적인 일이었다. 국정원은 그의 입국 정보를 '시크릿원'이라는 최고기밀 등급으로 분류했다. 사장과 나는 그가 극비리에 입국한다는 사실 그리고 한국에서의 일정 관리를 국정원이 맡는다는 것 말고 아무것도 알지 못했다.

   해외업무를 담당하는 국정원 직원이 처음 회사를 찾아온 것은 그보다 한 달 전, 일이었다. 사장과 나는 무슨 일로 국정원에서 찾아왔는지 알 수 없었다. 긴장한 채 소파에 등을 기대지도, 무릎을 벌리지도 못하고 꼿꼿하게 마주 앉았다. 아무리 생각해 봐도, 우리 회사는 국정원과 아무런 관련이 없었다.

   우리 회사는 자본금이 이십억 원에 불과한 중소기업이었다. 창업한 지 십 년에 불과했고 주로 다른 제약회사가 개발한 치료제의 카피약을 만들었다. 카피약 말고 회사가 자체로 개발한 약은 단, 두 종류에 불과했다. 장어와 굼벵이에서 추출한 성분으로 만든 정력제 '박우리'가 최초 개발한 제품이었다. 다른 약도 정력제 계통의 약이었기에, 정보기관이 우리 회사에 관심을 가질 하등의 이유가 없었다.

우리 회사는 대기업인 D 제약의 두통 치료제 '하체(hache)'의 카피약을 주로 납품했다. 하체는 두통을 뜻하는 headache에서 두 번째 음절과 네 번째 음절을 빼고 지은 이름이었다. 그런데 하체라고 발음되어 정력제라는 인상을 강하게 풍겼다. 의도가 있는지 알 수 없지만, D 제약은 힘이 세 보이는 씨름선수 출신을 광고모델로 선정했다. 광고 효과 때문인지 약의 판매가 급증했다. 이에 힘입어 D 제약은 물론, 우리 회사 주가도 덩달아 올랐다. 코스닥에 상장하고 오 년 동안 만 원을 넘지 않던 우리 회사 주가가 삼만 원까지 올라가 있었다.

국정원 직원은 차가 식을 때까지 찾아온 이유를 말하지 않았다. 성미 급한 사장이 먼저 물었다. 방문한 이유를. 국정원 직원은 빙그레 웃으며, 정부 차원에서 부탁하러 온 거라고 말했다. 그제야, 우리는 긴장감이 누그러졌다. 사장이 소파에 등을 기대며 물었다.

"무슨 이유인지 말씀하시지요."

"애런 볼드윈이라고 아시지요?"라고 국정원 직원이 되물었다.

애런 볼드윈(Aaron Baldwin)은 세계적인 투자회사의 회장이었다. 국정원 직원이 말을 이었다. 애런 볼드윈이 우리 회사를 주목하고 있다는 거였다. 투자 제안을 하기 위해 머지않아 한국으로 들어올 거라고 했다. 팔십 살 넘은 노구를 이끌고 투자처를 직접 방문하는 것은 드문 일이고, 미 국방성과 CIA가 관심을 두고 있는 사안이라고 덧붙였다. 미국 정부까지 나서서 인천공항이 아닌 서울공항으로 들어오겠다고 협조문을 보내와 국정원도 의아했다고 설명했다.

청와대를 통해 애런 볼드윈의 경호를 지시받은 국정원은 정보계통을 이용해 입국 이유를 알아보려고 노력했다고. 애런이 큰 병이라도 걸려 치료받으러 오는 것인지. 투자 목적이라는 말이 진짜인지. 우리 회사에 불로초라도 있어서 구매하러 오는 것인지.

우리 회사는 일 년 전, 부속 건물을 짓고 비밀리에 연구프로젝트를 진행해왔다. 부속 건물 일 층은 연구소, 이 층은 숙소였다. 출입문에는 '동방제약 R&D 센터'라는 현판을 달았다. 직원들은 R&D 센터를 정력제를 만드는 연구팀으로 짐작했다. 그래서 직원들은 센터 사람들을 '장어팀'이라고 불렀다.

하지만, 나는 이 연구팀이 심상치 않다는 것을 짐작하고 있었다. 센터장을 맡은 남웅은 계약직이지만 억대의 연봉이 지급되었다. 그가 데리고 온 연구원들도 연봉이 높았다. 직원을 채용하고 급여를 지급하려면, 인사, 회계 부서 이사직을 맡고 있는 내 결재가 나야 가능한 일이었다. 사장은 적은 돈도 아끼는 좀스러운 성격이었다. 이런 사장이 고액 연봉을 지급하는 연구팀을 만들었다는 것은 분명히 다른 이유가 있을 것이라고 판단했다. 웬만한 일은 나와 상의하던 사장의 속내가 궁금했지만, 아랫사람 입장에서 대놓고 물어볼 수 없었다. 소문대로 정력제를 개발하는 것이라면, 비아그라에 버금가는 획기적인 약이 분명할 거라고 짐작할 뿐이었다.

국정원 직원이 다녀간 다음 날, 국정원 차장이 회사로 찾아왔다. 국정원 차장이면 차관급의 고위공직자였다. 차장은 회사에서 하는 침 연구를 알고 왔으며 화학시험연구원에서 실험한 데이터도 입수했다고 말했다. 믿어지지 않지만, 침으로 노화를 막을 수 있다는 말을 들었다고 했다. 어떻게 알았는지, 미국이 이 연구사실을 알고 미 국방성과 CIA가 개입하여 조사 중이라고 했다. 노화를 막을 수 있는 기술이 있는 게 사실이라면, 나라 차원에서 반드시 보호해야 할 지식자산으로 본다고 했다. 미 정보기관이 알고 있는 이상 미국에까지 은폐할 방법은 없겠지만, 국정원은 기술이 함부로 유출될까 걱정하고 있다고 했다. 국정원 차장은 자기 말이 청와대 VIP의 뜻이나 마찬가지라고 설명했다.

사장은 국정원의 정보력에 놀라는 표정을 지었다. 곧이어, 사장은 나에게조차 숨겨왔던 연구사실을 털어놓기 시작했다. 피부를 재생하고 세포 수를 늘려주는 연구를 해 온 게 사실이지만, 국정원의 정보가 다 맞는 것은 아니라고. 노화를 막아주고 세포를 재생시키는 기술은 침술이며, 남웅이 이 기술의 핵심 인력이라고. 남웅은 한의사 자격이 없지만 침술에 대해서는 우리나라에서 최고라고. 다른 연구원들은 한의사나 약사 자격증이 있지만, 그들은 남웅의 보조 인력일 뿐이라고.

국정원 차장은 애런이 치료를 원하는 것 같다고 했다. 수십 명만 임상실험을 해서 아직 시술 효과가 입증되지 않았다는 사실을 애런 측도 알고 있다고 하면서, 나이가 많은 애런이 몇 년, 아니면 십 년이 걸릴지도 모르는 임상실험을 기다리지 못하고 한국행을 택한 것 같다고 했다. 사장과 나는 그제야 돌아가는 상황을 파악할 수 있었다. 회사에 투자하겠다는 것은 명분이고, 애런이 시술을 받으려 한다는 뜻이었다.

국정원 차장이 돌아간 뒤, 국정원 경호 인력이 R&D센터에 고정 배치되었다. 심상찮은 분위기를 감지한 회사 직원들은 장어 팀에서 개발하는 약이 대단한 정력제 같다며 수군거렸다.

몇 시간이 지나 국정원 차장이 애런의 귀국 일정을 알려왔다. 국정원 차장은 사장에게 곧 애런을 만나게 될 것이다, 돈을 받든 투자를 유치하든 상관없지만 미국에 기술을 유출해서는 안 된다고 거듭 당부했다.

사장은 어떻게 협상해야 할지 걱정했다. 사장이 나에게 좋은 수가 있는지 물었다. 나는 십억 불 투자를 받는 것이 어떠냐고, "십억 불이면 우리 돈 일조 삼천억 원입니다." 하고 덧붙여 말했다. "그렇게나 많이?" 우리 연구는 시험단계일 뿐이고, 임상실험도 3차까지 마치려면 갈 길이 먼데 너무 많은 것 아니냐는 의미였다. "일단, 부르시지요. 협상이라는 게 서로 원하는 조건을 제시하고 갭을 좁혀나가는 것이니까요." 만약에 투자가 아닌 시술료를 내겠다고 하면 어떻게 하면 좋겠느냐고 사장이 다시 물었다. 나는 오천만 불을 부르라고 했다. 우리나라 돈으로 환산하면 칠백억 원이었다. 그러면서, 애런에게 그 정도의 돈은 푼돈 아니겠냐고 말했다.

사장은 나에게 남웅을 처음 만났던 이야기를 꺼냈다. 이 년 전, 스물세 살 된 사장 딸이 루게릭병 진단을 받았다는 거였다. 급성으로 진행되어 병원에 실려 갔을 때, 이미 사지를 쓰지 못하고 있었다. 의사는 고칠 수 없다고 했다. 그런데 포기하지 않은 사장 부인이 지푸라기라도 잡는 심정으로 전국에 용하다는 한의원을 찾아다녔다는 것이다.

그러던 중 남웅에 관한 소문을 들었다. 남웅은 중학생 때, 갑자기 소아마비에 걸렸던 사람이었다. 그는 다니던 중학교를 그만두고, 어머니 등에 업혀 전국의 명의를 찾아다니며 침을 맞았다. 그러다가 소아마비가 기적처럼 나았다. J시에서 한약방을 운영하던 사람에게 침 치료를 받은 결과였다.

그 노인은 한의사 자격이 없었지만 남웅의 첫 번째 스승이 되었다. 침을 맞은 지 며칠 만에, 남웅은 목발 없이 벽을 짚고 일어설 수 있었다. J역 근처 허름한 여관에 거처를 마련한 어머니와 남웅은 한 달 동안 매일 침을 맞았다. 한 달 뒤에는 뛰어다닐 수 있을 만큼 회복되었다.

남웅은 J시에 남아 노인에게 침을 배웠다. 노인이 죽자, 남웅은 본격적으로 전국의 침 고수를 찾아다니며 침술을 배웠다. 그중에는 구상 선생도 있었다. 구상 선생은 침 치료의 적법함을 증명하려고 한의학계와 소송을 벌인 일로 유명한 인물이었다. 구상 선생은 자기 몸에 침과 뜸을 시술하면서 백여섯 살까지 살았다. 사람들은 구상의 침술과 뜸법을 높이 샀다. 게다가, 구상은 ○○○ 대통령에게 침을 놓은 것으로도, 유명한 소설가가 펜을 들지 못하는 어깨 병이 나자 침으로 단숨에 고친 일화도 있었다. 그렇게 남웅은 침의 고수가 되었다.

사장은 루게릭병 진단을 받은 딸을 둘러업고 남웅을 찾아갔다. 남웅은 침 시술을 해주었고, 일주일 만에 딸이 혼자 힘으로 일어설 수 있었다. 한 달이 지나 절뚝거리며 걸었고, 세 달이 되어서는 정상인처럼 걸어 다닐 수 있게 되었다. 사장은 남웅의 침술에 크게 감탄했다. 사장은 남웅에게 회사에 들어와 연구 책임자로 일해 달라고 부탁했다. 하고 싶었던 침술 연구를 마음껏 하라고, 나중에 '침 연구소'를 지어주겠다고 약속했다.

미국 경호팀은 애런의 숙소로 서초동에 있는 S호텔을 택했다. 건물이 큰 나무에 가려있어 실내를 들여다보기 어렵고, 빌딩에 둘러싸여 경호가 쉽다는 것이 이유였다. 대형호텔이 아니라서 언론의 주목을 덜 받는다는 것도 선택 이유의 하나였다.

　애런이 도착한 며칠 뒤, 국정원 차장과 애런 측 인사가 만났고, 사장을 포함한 삼자가 만날 약속을 정했다. 약속된 날, 사장과 나는 변호사를 대동하고 차에 올랐다. 사장은 나에게 운전을 하라고 했다. 룸미러로 보니 사장이 긴장했는지 손수건으로 연신 이마의 땀을 훔치고 있었다.

　애런과 만나기로 약속된 스위트룸에 들어서는데 음악소리가 들렸다. 중요한 만남을 앞두고 음악을 틀어놓은 게 이상했지만, 덕분에 긴장이 조금 풀렸다. 로큰롤 음악이었다. 비틀즈의 'U.S.S.R.'이라는 노래였다. 이 노래는 미, 소 냉전시대를 패러디한 경쾌한 음악으로 노래 제목만 보고 정치적으로 해석하는 사람들이 많지만, 정작 가사를 보면 정치적인 내용이 없다는 기사를 읽었던 기억이 있었다.

　원탁 테이블에는 이미 국정원 차장이 앉아 있었다. 약속 시간에 맞춰 애런과 비서 그리고 애런 측 통역이 들어왔다. 인자한 미소를 짓는 애런은 인상 좋은 노인의 모습이었다. 그의 친근한 미소에 긴장감이 누그러들었다.

　애런이 먼저 말을 꺼냈다. "나는 동양의학을 잘 몰라요. 우연히 침 치료를 받았다는 사람의 시술 전, 후 사진을 봤어요. 세포 수가 변한 리포트도 확인했어요. 나를 10년 젊어지게 해주실 수 있나요?" 국정원 차장이 사장에게 눈짓을 보냈다. 그러자, 사장이 대답했다. "시술법을 연구한 지 일 년도 되지 않았습니다. 서른 명 정도만 임상실험을 마쳤을 뿐입니다. 다행히 아직은 부작용이 없었습니다. 실험 결과, 피부가 탄력 있게 개선되었고 세포 수가 증가 되는 결과를 얻었습니다."

애런이 시술 과정에 관해 설명해 달라고 하자, 사장이 대답했다. 혈 자리에 침을 놓는 시술은 여러 번 할수록 효과가 좋은 것으로 결과가 나왔지만, 몇 회까지 효과가 있을지 알 수 없다고. 한 명에게 삼십 회 넘게 시술해 본 경험이 없어서 믿을 만한 통계가 아니라고. 사장의 말이 채 끝나기도 전에 애런이 말했다.

"나를 임상실험 후보로 넣어주세요." 애런은 협상하자는 뜻을 에둘러 표현했다.

애런 측 변호사가 직접투자 방안을 제시했다. 숙의 끝에, 십억 불을 투자받고 회사 지분 이십오 퍼센트를 넘기기로 절충되었다. 나는 시술법이 특허를 받아 배타적인 권리를 가진다면, 무척 획기적인 일이 될 것이라고 강조했다. 나스닥에 상장하는 것을 가정해서 예상 수익을 설명하려고 했을 때, 애런의 비서가 나를 제지했다. 생각해 보니, 그들이 투자전문가인데 내가 나서서 설명하는 것은 주제넘은 일이었다. 협상의 달인이라는 소문답게 애런은 줄 것은 주고, 얻을 것은 얻는 타입이었다.

회사로 돌아온 사장은 마음이 급했다. 남웅을 회사에 붙잡아 두어야 회사도 이익이 되고, 자신도 부자가 될 수 있을 것으로 판단하는 것 같았다. 사장은 남웅을 만나 스톡옵션을 제시해야겠다고 말했다. 그러나 며칠 뒤 사장의 말을 들어보니, 남웅은 사장의 제안을 단칼에 거절하고 약속대로 침 연구소만 지어달라고 말했다고 했다. 나는 큰돈을 벌 기회를 거부하는 남웅을 이해할 수 없었다.

애런이 시차에 적응했다는 주치의의 소견에 따라 첫 시술 날짜가 정해졌다. 시술 장소는 애런의 호텔 방이었다. 남웅과 두 명의 연구원으로 시술팀을 구성했다. 첫 시술에는 사장과 나도 참관했다. 시술하는 두 시간 내내 'U.S.S.R.' 음악이 반복적으로 흘러나왔다.

남웅은 애런을 큰 침대에 엎드리게 했다. 그러고는 머리, 목과 등 그리고 손과 발에 육십여 개의 침을 놓았다. 애런은 침을 꽂을 때마다 앓는 소리를 냈다. 남웅은 애런의 주의를 돌리려고 그러는지 애런에게 계속 말을 걸었다. 'U.S.S.R.' 노래를 왜 좋아하냐고. 애런은 리듬이 경쾌해서 좋아한다고 대답했다.

남웅은 애런의 대답을 흘려듣고는 침술에 대해 설명하기 시작했다. 발등에 있는 태충혈에 침을 놓으면서 이게 간경락의 원혈이라는 둥, 이마의 한가운데인 인당혈과 유두 사이에 있는 단중혈에 침을 놓으면 허리통증을 완화하는 효과가 있다는 둥, 침을 맞고 죽는 일은 절대 없다고도. 아마 통역사는 혈자리에 대한 마땅한 영어 단어를 찾지 못해 진땀이 흐를 것이었다. 남웅은 자기가 놓는 침은 독맥침과 오행침이고, 독맥침을 놓는 사람은 대한민국에 많지 않다고 말했다. 시술하는 중간에는 미지근하게 데운 한약을 마시도록 했다. 엎드린 자세인 애런은 스트로우를 이용해 약을 빨아 먹었다. 남웅은 약은 보혈의 효과가 있지만, 어디까지나 침의 효능이 99%라고 말했다.

시술을 마치고 시술팀이 방에서 나왔다. 뒤이어 S 대학병원 의료팀이 방으로 들어갔다. 시술하는 날마다 세포 수 변경 검사와 면역력 검사, 혈액검사를 병행하기로 프로그램이 짜여있었다.

한 달이 지났다. 한 달 동안 매일 시술했고, 대학병원도 검사를 병행했다. 쭈글쭈글하던 애런의 피부는 육십 대라고 해도 믿을 만큼 탄력을 되찾았다. 애런 비서의 말을 빌리면, 애런이 틈나는 대로 거울을 보며 흡족한 미소를 지었다고 했다. 애런이 신분을 공개해도 되는 사람이었다면 시술하기 전과 후의 사진을 찍어 홍보자료로 활용해도 좋을 뻔했다. 애런의 세포 수는 30% 넘게 늘어났다. 하지만 늘어난 세포 수가 얼마나 오래 유지될지 아는 사람은 아무도 없었다. 그만큼 시술에 대한 임상실험 데이터가 빈약했다.

애런이 미국으로 돌아간다는 소식을 전하러 국정원 차장이 회사로 찾아왔다. 애런은 사장과 나 그리고 남웅을 호텔로 초대했다. 애런은 남웅을 얼싸안으며 고마움을 표현했다. "내 얼굴이 언론에 비치면 아마 당신은 세계적인 영웅이 될 겁니다. 유명해진다는 것은 위험하다는 신호입니다. 앞으로는 반드시 경호원을 데리고 다녀야 합니다." 그리고 사장에게도 말했다. "회사 경영을 잘 부탁합니다. 내 지분도 있으니까" 애런이 젊음을 되찾더니 말이 많아졌다는 비서의 말이 맞는 것 같았다.

첫 시술이 있던 날, 십억 불이 회사계좌에 입금되었고 주식 지분에 대한 명의개서가 진행되었다. 주가는 연일 상한가를 기록했다. 애런의 입국보도가 나간 게 없지만, 애런이 우리 회사에 투자했다는 증권가 찌라시가 퍼졌다. 회사가 첨단신약을 개발해서, 애런이 투자했다는 소문이었다. 주가는 연일 상한가를 기록해 삼만 원 하던 주식이 오십만 원을 넘어섰다. 이십억 자본금의 회사가 애런의 투자에 힘입어 수조 원의 가치를 가진 회사로 거듭나고 있었다. 사장은 증자를 하기 위해 로펌과 회계법인에 자문을 요청했다. 증자를 이유로도 주가가 계속 오를 수밖에 없는 호재인데 신약을 개발했다는 소문까지 나서, 주가는 천정부지로 오르고 있었다.

소문이 퍼져나가자, 사장은 고위공직자, 국회의원으로부터 걸려오는 전화에 시달렸다. 무슨 신약인지, 증권가에 떠도는 소문이 사실인지 문의하는 내용이었다. 사장은 국정원 차장에게 부탁해 일 처리를 서두르려고 했다. 식약처의 승인이 빨리 나오도록 도와달라고 말했다. 그러자, 차장은 느닷없이 자기 부인의 시술을 부탁해 왔다. 사장은 식약처의 승인을 받지 않은 상태이니 안 된다고 거절했다. 그러나 차장은 막무가내였다. 본인이 책임지겠으니, 단 세 번이라도 시술해 달라는 것이었다.

로펌은 식약처의 승인이 날 때까지 시술하지 말 것을 권고했다. 초격차 대기업을 바라보는 마당에 불법에 휘말려 좋을 일이 없다고 경고했다. 임상실험을 거쳐 특허를 받으려면 적어도 수년이 소요될 거라는 의견서도 첨부되어 있었다. 사장은 권력을 가진 사람들의 등쌀을 이겨내기 힘들다며 하소연했다.

사장이 사장실로 나를 불렀다. 대낮부터 사장이 위스키를 마시고 있었다. 좀처럼 일탈행위를 하지 않던 사장인데 최근에 많이 변했다. 회사 통장에 조 단위의 투자금이 들어와 회사에 유동성이 넘쳐났다. 주가는 수십 배 올라 백만 원을 돌파할 거라는 소문이 나돌았다. 그런데도 사장은 마음이 복잡해 보였다. 위스키를 들이킨 사장의 입에서 나온 말은 뜻밖이었다. "우리 마누라가 임상실험에 포함시켜 달라고 떼를 씁니다. 들볶여서 죽겠어요. 아직 불법이라 안 된다고 했다가 안방에서 쫓겨났습니다. 아마 시술해 주면 두 번, 세 번 계속 원할 게 뻔해요. 어쩌면 좋을까요?"

얼마 전, 나도 아내에게서 같은 요구를 받은 적이 있었다. 명색이 임원인데 회사에서 그 정도 권한도 없냐는 핀잔을 들었었다. 간신히 아내를 달랬는데, 사장도 나처럼 곤경에 처한 모양이었다. 이미 소문이 널리 퍼져나가고 있었다. 우리 회사가 안티에이징 신약을 임상실험하고 있다는 소문이었다. 침 시술을 신약으로 착각하는 것이지만, 어느 정도는 일치하는 내용도 있었다.

사장은 남웅의 안전을 우선시했다. 납치당할 우려가 있었다. R&D센터에 마련된 숙소는 안전하지 않았다. 사장은 국정원 차장에게 전화를 걸어 경호를 부탁했다. 국정원도 남웅의 가치가 핵무기 급이라는 걸 알고 있었다. 사장은 어느 나라든, 테러 조직이든 그를 노리지 말라는 보장이 없다고 말했다. 그의 신병을 확보한 나라는 항공모함이나 전투기 수십 대를 보유한 것만큼 강력한 무기를 가진 것이나 진배없다고 설득했다. 국정원 차장이 남웅을 정부가 소유하고 있는 안가(安家)에서 보호하겠다고, 연구 설비도 안가 별채로 옮기겠다고 대답했다.

사장은 물론, 나도 기업의 인수합병이나 자본 유치에 대한 경험이 없었다. 회사가 신기술을 개발했다는 소문 때문인지 자본을 투자하겠다고 찾아오거나, 의사를 물어오는 일이 많아졌다. 이미 회사 주식은 코스닥에서 가장 비싼 주식이 되어 시가총액

20조를 넘어서 있었다. 자본금 이십억 원, 시가총액 천이백억 원이었던 중소기업이 중견기업을 넘어 대기업으로 수직상승했던 것이다. 십억 불을 투자해 이십오 퍼센트의 지분을 확보한 애런의 시가총액이 사조 원을 넘어섰다. 투자 금액 대비 세 배 넘게 오른 주가에 애런 또한 기분이 좋을 것이었다.

회사 주식을 절반 넘게 소유한 사장의 시가총액이 십조 원을 넘어섰다. 십조 단위의 재산을 가진 부자는 우리나라에 서른 명 남짓이라고 발표된 자료가 있었다. 사장은 졸지에 부자가 되었다. 재산이 백조를 넘어설 거라는 소문까지 나 있었다. 국내 최고 부자를 넘어 세계적인 부자집단에 속하게 될 거로 예측하는 전문가도 많았다. 사장은 갑자기 부자가 되자 당황했다. 사장은 안절부절못하고, 혼자 술을 마시며 불안해했다.

재무회계책임자(C.F.O)를 고용했지만, 사장은 최종 결정을 앞두고 나에게 의견을 묻는 일이 많았다. 새로 고용한 C.F.O를 완전히 믿지 못하고 있었다. 나는 사장에게 중요한 사안 세 가지를 건의했다.

첫째, 남웅은 세계적인 인물이 될 것이다, 연봉을 높여 근로계약을 연장하고 그의 안전을 지켜주는 것이 급선무다. 사택을 구입해 그의 아내와 자식들을 집안에 들이고 경호를 대폭 강화해야 한다고. 둘째는 특허에 관한 것이었다. 국내는 물론 해외 특허를 조속히 받을 수 있도록 로펌에 권한을 이양하라고, 다른 회사의 피해사례를 예로 들며, 법 문제로 피해를 보거나 권리를 빼앗겨서는 안 된다고 강조했다. 셋째, 규모를 갖춘 병원을 인수하자고 했다. 병원을 세우기에는 시간이 걸리니 기존 병원을 인수해서 그럴듯한 이름을 붙이자고 했다. 안티에이징 센터나 세포재생전문병원이라고 붙이면 좋을 것 같다는 의견도 냈다.

며칠 뒤, 회사는 내로라하는 로펌과 고문 계약을 맺고 특허 관련 업무에 대한 양해각서를 체결했다. 그리고 매물로 나와 있던 제주도의 H병원을 이천억 원에 인수했다. 병원은 팔 층 건물 본관과 별관, 장례식장 건물이 있었다. 의료진과 행정인력 이백여 명의 직원을 고용 승계했다. 관절, 척추센터를 없애고 '세포재생연구소'라는 간판을 걸었다.

안가에 남아 있던 남웅이 사용할 사택도 구입했다. 고위공직자를 지낸 사람이 사용하던 제주도 별장을 인수한 것이었다. 마당에 보안팀 숙소를 새로 짓고 최첨단의 경비시설을 갖추었다.

국정원 차장이 사장에게 전화를 걸어왔다. 애런이 돌아간 뒤 한 달쯤 지났을 때였다. 차장은 사장에게 백악관 동아시아 정책 보좌관이 한국에 와있다고 말했다. 사장과 나는 애런 급 인물의 시술 요청이 또 있을 거라고 짐작했다. 나는 사장에게 앞으로 이런 일이 계속 있을 것 같으니, 임상실험이 끝날 때까지 시술을 중단하자고 말했다. 사장은 권력자들 앞에서 얼마나 버티겠냐고 볼멘소리를 했다. 불법인 줄 알면서도 권력기관마다 자기네들이 책임지겠다고 하니 버틸 자신이 없다고 했다.

다음 날, 국정원 차장이 한 사람을 데리고 회사로 방문했다. 사장과 나까지 네 명이 마주 앉았다. 같이 온 사람은 청와대 안보실장이었다. "단도직입적으로 말하겠습니다." 안보실장이 말하기 시작했다. 미국 정부요인의 부인이 시술을 원한다는 것이었다. 미국에서 전용기를 보낼 것이고, 우리 팀이 미국으로 건너가 비밀리에 시술해야 한다는 것이었다. 대가로 백만 불, 우리 돈 십삼억 원 제의를 받았다고 했다.

사장은 망설였다. "요즘에는 남웅 센터장도 불법이라며 시술을 꺼려." 사장이 어제 나에게 말했었다. 사장은 며칠 생각할 시간을 달라고 하고 그들과 헤어졌다. 사장은 나에게 의견을 물어왔다. 나는 방법이 없지 않냐, 미국 말을 누가 거역할 수 있겠느냐, 무엇보다 남웅을 설득하는 게 관건이라고 대답했다.

다음 날. 나는 사장의 지시로 안가에서 남웅을 만났다. 나는 그와 마주 앉아 지내기에는 어떤지, 음식은 먹을만한지 의례적인 것을 물었다. 그러면서, 어제 국정원 차장과 나누었던 이야기를 조심스럽게 꺼냈다. 말을 들은 남웅은 국익에 도움이 된다면 미국에 가겠다고 했다. 그러면서 자신이 하는 시술을 적법하게 해 달라고 요구했다. 한의사 자격이 없는 남웅의 침 시술은 불법이었다. 어떤 방법을 강구하더라도 본인 시술을 적법하게 만들어 달라는 것이었다. 나는 사장에게 전화를 걸어 남웅의 요구 사항을 전했다. 사장은 이번 시술을 하는 조건으로 정부 당국에서 무조건 승인을 받아내겠다고 말했다.

이틀 뒤, 미국 정부에서 보낸 전용기가 서울공항에 도착했다. 비자를 받거나 출국 절차 등 의전 절차는 귀빈급으로 처리되었다. 사장과 나, 그리고 남웅과 연구원 두 명이 함께 탑승했다. 국정원에서는 차장을 비롯하여 십여 명의 경호 인력이 동승했다. 보안을 위해 워싱턴 덜레스 공항이 아닌 로널드 레이건 워싱턴 내셔널 공항을 이용했다. 호텔은 워싱턴 외곽에 위치한 소피텔 라파예트 스퀘어호텔 한 층을 통으로 빌려 놓았다고 했다.

한 달 동안 호텔 방에서 시술을 진행했다. 매일 시술이 끝나면, 라우든병원에서 파견된 의료진이 세포 수를 체크했다. 시술이 마무리되던 날, 백악관 보좌관은 조촐한 만찬 행사를 열어주었다. 그날은 사장과 나 그리고 남웅까지 술을 꽤 많이 마셨다. 밤 열한 시가 되어서야 각자 방으로 들어갔다. 다음 날, 우리 팀이 전용기를 타고 한국으로 돌아가기로 되어있었다.

다음 날 아침, 사장과 나는 남웅이 사라진 사실을 알았다. 사람은 물론 짐도 없어졌다. 호텔 직원들을 풀어서 찾아봤지만 소용이 없었다. 어떤 메시지도 남기지 않고 감쪽같이 사라졌다. 앞방에 투숙했던 나, 옆방에 투숙한 사장도 그가 호텔을 나가는 것을 보지 못했다. 보안실 CCTV를 확인했다. 새벽 3시, 호텔 밖으로 혼자 캐리어를 몰고 유유히 나가는 남웅의 모습을 확인했다. 그 시간 호텔 로비에는 아무도 없었다. 호텔 직원조차 자리를 비웠던 것이다. CCTV 화면을 볼 때, 남웅의 행동은 태연했다. 자진해서 떠난 것으로 보일 정도였다.

이유를 알 수 없었다. 납치가 아닐까, 하는 의구심이 들었지만 증거가 없었다. 시술 사실을 비밀에 부쳐 온 백악관마저 난처한 입장이라면서 찾는 일을 최대한 협조하겠다는 말만 되풀이했다.

국정원 차장은 청와대와 통화한 뒤, 하루 기다렸다가 일단 한국으로 돌아와서 대책을 세우라는 지시를 받았다고 했다. 다급한 것은 청와대도 마찬가지일 터였다. 청와대도 남웅을 국익을 위해 지켜내야 할 국가 인력으로 인식하고 있었다. 미국은 넓은 나라였다. CIA나 FBI가 나서지 않으면 찾기 힘들 거였다.

사장과 나는 미국의 협조를 구하는 게 맞는 것인지 국정원 차장과 협의했다. 차장도 미국 정부의 납치 가능성을 배제하지 않았다. 차장은 미국의 기술 수준이라면 CCTV를 합성하는 것도 가능할 거라고 말했다.

그러나, 사장은 남웅의 자부심에 기대를 거는 눈치였다. 사장은 국정원 차장에게 미국이 아니라 누구라도 남웅의 마음을 돌릴 수 없을 거라고 말했다. 그는 선비처럼 잘 꺾이지 않는 마음의 소유자라서 마음을 돌리기 쉽지 않은 사람이라는 것이었다.

나는 위급한 상황인데도 이기적인 생각이 떠올랐다. 우선은 제주에 매입한 병원이 걱정되었다. 남웅이 없다면 병원이 필요 없을 거고, 주가는 곤두박질칠 것이고 회사의 미래도 불투명해질 거였다. 침 시술은 아직 임상실험도 끝나지 않은 상태였다. 식약처 허가도, 특허도 받지 못했다. '박우리' 등 정력제를 개발하던 예전의 회사로 다시 돌아가는 상황이 머릿속에 그려졌다.

국정원이 수색팀을 구성했다. 일단, 나와 사장 그리고 국정원 차장은 한국으로 귀국하기로 정해졌다. 국정원 차장이 요원들을 두 팀으로 나누어, 한 팀은 미국과 캐나다지역으로 다른 한 팀은 중남미에서 남웅의 행적을 찾기로 했다. 사장도, 나도 그리고 국정원 차장도 미국이 빼돌린 것이 아니기를 바랄 뿐이었다. 약소국 신세인 정부는 미국에 대놓고 따져 묻지도 못했다. 증거도 없는 판에 미국을 용의선상에 올릴 수도 없었다.

백주부터 병나발을 불며 술을 마시던 사장이 나에게 말했다. 정치권력 놀음에 놀아난 것 같다고. 이제는 국정원도 청와대도 그리고 미국도 믿을 수 없다고. 권력에 휘둘려 의미 없는 짓을 한 것 같다고.

사장만큼은 아니더라도, 나 또한 걱정되기는 마찬가지였다. 물거품이 될 주가와 도로 카피약을 제조하는 신세가 될지도 모르는 회사의 앞날이 걱정되었다. 남웅이 미국에 납치된 것이 아니기를 기도할 뿐이었다. 그래야 회사도 살고, 사장과 나도 살 수 있었다. 우리 정부도, 지분을 가진 애런도 마찬가지였다.

　틈만 나면 이것저것 나에게 물어보던 사장은 한국으로 돌아오자마자 방에 틀어박혀 나오지 않았다. 비서만이 위스키와 얼음을 들고 사장실에 들락거릴 뿐이었다.

　그러던 사장이 어제, 술을 마시다 각성했는지 급히 나를 찾았다. 미국 출장을 가서 그의 흔적을 찾아보자고. 이제는 국정원도, 미국 정부도 믿을 수 없다고. 끝까지 찾아봐야 하지 않겠냐고 말하는 사장은 기력이 없어 보였다.

　눈을 붙이고 깨어보니 사장이 옆자리에 곤히 잠들어 있다. 사장의 비행기 좌석 받침대에 마시던 위스키병이 올려져있다. 나는 찌뿌듯한 몸을 곧추세우느라 이코노미 클래스 좌석에서 일어났다. 비좁은 공간이지만, 목을 돌리고 손을 들어 기지개를 폈다. 곧 워싱턴 공항에 도착한다는 기내 방송이 나오고 있었다.

잠영하는 나무

나는 서른아홉 살 미혼으로 스스로를 호모루덴스라고 생각해 왔다. 호모루덴스는 '놀이하는 인간'이라는 뜻이다. 나는 계절마다 액자와 그릇 세트를 바꾸고, 식물과 반려동물을 키우면서 혼자서도 놀이처럼 일상을 즐기는 호모루덴스처럼 살고 있었다.

나는 결혼해서 평생을 남편과 부대끼며 사는 데 자신이 없었다. 그래서 비혼을 선언하고 말을 하지 못하지만, 누구보다 따뜻한 반려견을 가족으로 받아들였다. 오늘도 나는 거실로 나와 자동사료급여기에 강아지 사료를 가득 채우고 물을 갈아주었다. '모카'는 삼 년 전, 재택근무를 시작하면서 입양한 강아지였다. 털 색깔이 크림커피 색이어서 이름을 모카라고 이름지었다.

나는 십오 년 동안 출판사에 다녔던 번역가이다. 그러다가 코로나가 오면서 재택근무를 하게 되었다. 나중에 코로나에서 벗어나 회사에서 다시 출근하라고 했지만, 나는 과감히 회사를 그만두었다. 혼자 사는 게 좋았고, 아침에 일어나 화장하고 출근하는 것이 귀찮았다. 그래서 프리랜서로 번역 일을 하게 되었다. 하지만, 세상에는 나 정도의 실력을 갖춘 일본어 번역가는 흔했다. 빼어난 실력이 없는 한, 번역료 수입이 시원찮을 수밖에 없었다. 책 한 권을 번역해봤자 삼백만 원을 받기에 급급했고, 나의 경우에는 두 달에 책 한 권을 번역하는 속도가 템포에 맞았다. 그렇게 두 달에 삼백만 원을 번다고 가정한다면 월평균 수입이 백오십만 원에 해당되어 최저임금에도 미달하는 직업을 가진 셈이었다.

 그런데도 나는 일을 하다가 지루해지면, 잠을 자거나 놀 수 있는 프리랜서가 좋았다. 생활비가 남아 있으면 느긋하게, 돈이 떨어지면 바짝 몰아서 갈아 넣듯이 일을 했다. 다른 사람 눈치를 보지 않고 혼자 사는 게 점점 편해졌다. 코로나 이전에는 일주일에 한 번쯤 마트에 가서 장을 봤지만, 지금은 인터넷으로 물건을 주문하고 배달받는 것에 익숙해졌다. 배달 음식도 다양해져서 혼자 사는 것이 한결 수월했다. 나는 어릴 때부터 몇몇하고만 친하게 지내는 소극적인 성격이었다. 나는 다른 사람 일에 끼어들지 않고 내 인생도 간섭받지 않는 것이 제일 좋다고 생각했다.

그런데 신길동 원룸에서 문래동에 있는 방 두 칸짜리 빌라로 이사한 날, 단짝 친구가 생기는 일이 벌어졌다. 빌라 아래층에 사는 여자였다. 이삿짐을 정리하면서 나온 쓰레기를 버리기 위해 엘리베이터를 탔을 때, 처음으로 그녀를 만났다. 그녀는 아담한 체구에 도수 높은 안경을 쓰고 있었다. 예뻤고, 안경 안으로 밝은 미소를 짓고 있었다. 나는 사 층에서 엘리베이터에 올라타는 그녀에게 가볍게 목 인사를 했다. 그런데 그녀는 고개를 구십 도로 숙이며 인사를 받았다. 구십 도 인사를 받자, 나는 불현듯 그녀가 일본인일지도 모른다는 생각이 들었다.

"403호 사시나 봐요? 혹시, 일본인이세요?"

내가 말을 걸자, 그녀가 웃으며 고개를 끄덕였다. 나는 빙그레 웃으며 말했다.

"와다시모 니혼고 센코 시마시다(나도 일본어를 전공했어요)."

그녀는 일본말이 아닌 서툰 한국말로 대답했다.

"한국에 온 지 십 년 되었습니다. 일 년 전에 여기로 이사 왔습니다."

그날부터 나는 그녀와 단짝이 되었다. 그녀는 자신을 '히키코모리' 즉, 은둔형 외톨이라고 말했다. 따지고 보면, 그녀도 나처럼 호모루덴스였던 것이다. 그녀는 히사코라는 이름을 가진 마흔한 살의 웹툰 작가였고 미혼이었다. 결혼을 안 했지만, 히사코는 여섯 살 한국인 여자아이를 입양해 키우고 있었다. 오 년 전,

보육원에 그림 수업 봉사를 갔다가 한 살 된 지유를 입양했다고. 히사코는 아이 입양을 위해 한국 국적을 취득했고 귀화 자격을 얻자마자 새로 소씨 성을 만들었다. 소씨 성은 히사코의 일본 성인 오가와를 한자어로 바꾼 소천(小川)에서 따온 것이었다. 결국, 아이는 원래 이름이었던 지유에 성을 붙여 이름이 '소지유'가 되었고, 히사코는 한자어 '구자(久子)'에 성을 붙여 우리말로 '소구자(小久子)'가 되었다. 사람들은 그녀를 히사코 또는 히코라고 불렀지만, 나는 가끔 장난삼아 '소구자 씨' 하고 불렀고, 그러면 둘이 한바탕 웃곤 했다.

 그러던 어느 날 나와 히사코에게 현숙이라는 또 한 명의 친구가 생겼다. 그날, 나와 히사코는 함께 산책을 하다가 동네에 있는 커피숍에 들렀다. 탁자가 네 개밖에 없는 작은 가게였다. 원두가 어느 나라 것인지, 어떤 경로로 구하는지, 직접 볶는지 아니면 볶은 것을 사 오는지, 커피와 함께 파는 빵은 사 오는지 아니면 만드는지, 시시콜콜 수다를 떨다가 친해졌고, 그날로 우리 세 명은 친구가 되었다.

 "히사코가 친구가 되더니, 현숙 언니도 친구가 되었네요. 여태껏 호모루덴스라고 생각했는데 호모 사피엔스 사피엔스가 되려나 봐요."

 내 말에 현숙이 대답했다

 "사람들은 나보고 호모나랜스라고 하는 걸요."

호모나랜스는 '이야기하는 인간'이라는 뜻으로 말하는 것을 좋아하는 사람을 일컫는 말이었다. 현숙은 우리와 다르게 자신을 적극적이고 사교적인 사람이라고 에둘러 말했다.

현숙은 마흔아홉 살 미혼녀로 노모와 살았다. 그녀는 중국 남경에 있는 대학을 졸업하고 이십 년 동안 중국에 머무르면서, 여자 속옷을 만드는 회사에 다녔다. 중국마저 인건비가 올라 생산원가에서 비교우위가 없어지자, 의류업체들이 베트남으로 공장을 옮겼다. 이때, 현숙의 회사도 베트남으로 이전했고, 현숙도 호찌민으로 이사했다. 그런데 언어의 차이를 극복하지 못하고 이 년 전에 한국으로 돌아오고 말았다. 지병이 있는 엄마를 지근거리에서 돌보려는 마음도 고국행을 택한 이유 중 하나였다.

히사코는 지유가 자신과 살면서 한글을 이해하는데 뒤떨어질까 늘 염려했다. 그래서인지 한글 자음과 모음이 적힌 종이를 벽 이곳저곳에 붙여 놓았다. 히사코는 평일에 지유를 유치원 버스에 태웠다가, 오후에 하원 버스에서 지유를 픽업하는 게 중요한 일과였다. 그랬던 히사코는 나와 만난 뒤부터 새로운 일과가 생겼다. 지유를 유치원에 보내고 내 집에 와서 커피를 마시는 일이었다. 나는 늘 잠이 덜 깬 부스스한 상태로 그녀를 맞았다. 이부자리가 어지럽혀 있고, 전날 마신 맥주 캔이 굴러다니는 일이 예사였다. 히사코는 강아지 털 알레르기가 있어 우리 집에 놀러 올 때마다 약을 먹고 왔다. 히사코는 알레르기약을 먹으면서도 모카를 무릎에 올리는 착한 사람이었다.

우리는 점심 식사를 번갈아 차리면서 함께 밥을 먹는 사이로 발전했다. 나와 히사코는 점심 식사를 마치면, 매일 현숙이 운영하는 카페 '그라티아'에 가서 수다를 떨었다. 그라티아는 라틴어로 사랑, 우정이라는 뜻이라고 했다.

나는 최근 삼 년 동안 남자를 사귄 적이 없었다. 여러 사람과 관계를 맺는 데 서툴러서 학교에서도, 회사에 다닐 때도 한두 명하고만 친하게 지내는 내향형의 성격을 가졌다. 그래서인지 남자도 많이 만나보지 못했다. 나는 사생활을 내보이는데 결벽증이 있어서 SNS에 얼굴 사진을 올리는 것조차 쑥스러워했다.

그런데 삼 년 전까지 사귀었던 K를 만날 때는 달랐다. 소개팅으로 만난 K는 나보다 세 살이 많은 IT회사 프로그램개발자였다. 그는 호남형으로 부드럽고 친근한 인상을 풍겼고, 사람들과 대화할 때도 위트가 넘쳤다. 나는 그에게 한눈에 반해 팔 개월을 사귀었고 두 달간 동거했다. SNS를 잘하지 않던 나였지만, 둘이 찍은 사진을 SNS에 올리면서 남자 친구를 자랑하곤 했었다.

K는 매일 술을 마셨다. 동거하기 전까지 나는 K가 잠을 자기 위해 맥주 한두 캔을 마시는 줄 알았다. 그런데 같이 살면서 K에게 심각한 술 문제가 있다는 것을 알았다. K는 거의 매일 블랙아웃이 되어 귀가했다. 물건을 부수지는 않았지만, 평소에 안 하

던 욕을 나에게 퍼붓거나, 지인들에게 전화를 걸어 욕설을 퍼부었다.

K도 술에서 깨고 나면 술주정을 부린 전날의 기억으로 괴로워했다. 나는 K를 구슬려 정신과 의사를 찾아갔고, 항갈망제와 수면유도제를 처방받았다. K는 프로그램개발자로서 창의적인 아이디어를 내는 일에 부담을 느꼈었다. 그래서 잠을 잘 이루지 못했다. K는 항갈망제를 먹으며 술을 끊으려 노력했지만, 결국은 이겨내지 못하고 어김없이 다시 술을 마셨다.

동거한 지 두 달째 되던 어느 날, K가 캐리어에 짐을 꾸려서 떠났다. 그 전날도 술에 취해 집으로 들어왔었다. 나는 몸을 가누지 못하는 그를 방으로 옮길 힘이 없었다. 칠십 킬로그램이 넘는 그의 몸을 끌 수도 없었다. 현관 앞에 널브러진 그를 그대로 둔 채 담요를 덮어주었다. 다음 날 아침이 되어서야, 나는 K가 짐을 싸서 집을 나간 사실을 알았다. 식탁에 메모지를 남기고.

─부모님 동의를 받아 알코올 전문병원에 입원하려고. 이렇게 마시다가 죽을 것 같아. 퇴원하면 연락할게. 미안해.

그날 이후, 그에게서 연락이 온 적이 없었다. 나중에 K가 병원에서 퇴원했다는 소문을 들었지만, 나는 그를 구태여 찾지 않았다. 그사이 모카와 식물이 나의 가족이 되었던 것이다.

나와 달리, 히사코는 남자를 사귄 경험이 없다고 했다. 썸을 탄 적은 있었지만 언제나 깊은 관계로 발전하지 못했다. 히사코는 다섯 살 때 부모가 이혼했고, 그때부터 아버지와 살았다. 아버지는 '노(能)'라고 부르는 일본 전통 가면극의 계승 장인이었다. '시테(仕手)'라고 불리는 주인공은 오가와 가문의 남자 후손만이 공연할 수 있었다. 여자인 히사코는 시테가 될 수 없었다. 아버지는 히사코를 살갑게 대하지 않았고, 결국 다른 여자와 재혼했다. 아버지는 히사코가 소학교에 들어갈 무렵 재혼했고, 아들 둘을 낳았다. 원하는 대로 아들에게 가면극 연기 기술을 가르칠 수 있었다.

히사코는 동생들을 끔찍하게 생각하는 아버지와 새어머니에게 깊은 정이 가지 않았다. 학교를 마치고 집에 오면, 히사코는 늘 자기 방에 들어가 만화책을 읽는 등 혼자만의 시간을 보냈다. 히사코는 말수가 적은 외톨이로 자랐다. 중학교, 고등학교에 다니는 육 년 내내 히사코는 따돌림(이지메)을 당했다. 또래의 아이들은 말수가 적고, 도수 높은 안경을 쓴 히사코를 평범하게 대하지 않았다. 미술 과목 외에는 관심이 없고, 쉬는 시간 내내 만화만 보고, 말수가 적고 성적이 하위권인 히사코를 따돌리기 시작했다. 중학교 일 학년 때 옆에 앉은 짝이 유명한 아이돌 멤버 이름을 모른다면서 히사코를 바보라는 뜻인 '바카'로 부른 게, 육 년간 이지메로 시달리게 된 시발점이었을지도 모를 일이었다.

히사코는 고등학교를 졸업한 뒤 편의점 알바를 전전하다가 한국으로 건너왔다. 기분 전환을 위해 한국에 여행을 왔지만, 혼자 여행을 다니면서 한국 문화에 심취하게 되었다. 노래를 그다지 좋아하지 않던 히사코였지만 케이팝의 군무, 경쾌한 리듬에 빠지게 되었고 한국 음식 맛에 매료되었다. 일본 못지않게 치안이 좋은 나라라는 점도 한국의 매력이었다. 그렇게 히사코는 한국에 눌러앉아 살게 되었다.

  히사코를 만난 뒤, 나는 부지런해지고 있었다. 매일 이불을 개고, 빨래하고 청소했다. 욕실 하수구에 뭉쳐 있는 머리숱을 빼서 하수 구멍을 청소하고, 주기적으로 강아지를 목욕시켰다. 히사코가 매일 집에 찾아오면서 집이 깔끔해지고 있었다.
  메일을 열어 번역을 의뢰받은 일본 작가의 소설을 프린트했다. 빨간색 볼펜으로 번역을 위한 초벌 작업을 했다. 나는 번역하기 전에 미리 핵심 단어와 키워드에 빨간색으로 덧칠하는 습관이 있었다. 원고지 기준으로 천 장이 넘는 두툼한 분량인 데다 철학 서적이라 내용이 딱딱하다는 이유로 이번 번역을 포기하려고 했었다. 책 두께와 내용에 질리면 번역하는데 엄두가 나지 않는 경우가 많았다. 하지만, 생활비가 얼마 남지 않아 이번 일을 거절하지 못했다. 나는 이해하기 어려운 철학 단어를 보면 우울한 기분이 들었고, 그때마다 히사코에게 카카오톡을 보냈다. 저녁밥을 먹고 현숙의 커피숍에 놀러 가자고.
  어느 날, 커피숍에 찾아가자 손님이 한 테이블에만 있었다. 커피를 마시며 히사코와 현숙에게 말했다. "당분간 까다로운 번역 일로 바쁠 것 같아요. 아홉 시에 가게 문 닫으면, 우리 노래방 가요. 막내인 내가 쏠게요." 따져보니 노래방에 가본 지 삼 년이 넘었다. 출판사에 다닐 때, 다녀온 게 마지막이었다.

점점, 나는 호모루덴스에서 벗어나고 있었다. 히사코와 나는 좀처럼 남과 만나지 않고 집에 처박히다시피 살아왔었다. 그런데 친구가 되어 수다를 떨고, 커피를 마시며, 노래방도 가게 되었다. 그동안, 나는 혼자 있는 게 훨씬 편하다고 생각했었다. 혼자 OTT 영화를 보고, 책을 읽고, 발라드 음악을 들으며 모카와 지내는 삶이 행복하다고 생각했었다. 그러다가 히사코를 알게 되고 이야기를 나누면서 새로운 사람과 어울리는 것에 흥미를 느끼게 되었다. 이런 변화를 히사코에게 말했더니 그녀도 마찬가지라며 맞장구를 쳤다.

나와 히사코는 오래된 친구처럼 속이야기를 털어놓는 사이가 되었다. 히사코와 함께 외출하는 일도 많아졌다. 나는 점점 호모루덴스가 아닌 '호모 사피엔스 사피엔스'가 되어가고 있었다. 나는 모카의 등을 쓰다듬으며 미래에 대해 생각했다. 머지않아 코로나 이전의 삶으로 돌아갈 것 같다는 생각을 하며.

나는 무엇이든 새로운 것을 배우고 싶었다. 그래서 히사코에게 문화센터 강좌에 같이 다니자고 했다. 우리는 컴퓨터 앞에 앉아 집 근처에 있는 구청 문화센터 홈페이지를 열었다. 나는 단전호흡 반을, 히사코는 벨리댄스반을 신청했다. 일주일에 두 번, 히사코와 같은 시간대에 함께 다니기로 했다.

나는 도복을 사서 흰색 띠를 둘렀다. 단전호흡에도 단증이 있는지 모르겠지만, 선생님은 검은 띠를, 수강생들은 흰 띠를 둘렀다. 수강생은 스무 명 남짓이었다. 어림잡아 2/3가 넘게 남자들로 반이 꾸려졌다. 히사코가 속한 댄스반은 모두 여자라고 했다. 삼십 분 동안 스트레칭을 하고 단전호흡을 배우면 몸이 개운해졌다. 히사코도 리듬에 맞춰 몸을 돌리는 벨리댄스에 흥미를 보였다. 수업이 끝나면, 우리는 그라티아 커피숍에 들러 빵과 커피를 마시고 집으로 돌아갔다.

단전호흡을 배우면서 한 수강생과 친해졌다. 그도 나처럼 수업 시작 삼십 분 전에 미리 와서 기다리는 타입이었다. 어느 날, 먼저 도착해 서먹서먹하게 기다리는데 그가 말을 걸어왔다. 그는 이름이 Y이고 구청 공무원이라고, 나이는 마흔 살이라고 했다. Y는 얼굴에 살집이 있었고 푸근한 인상을 풍겼다. 수업 시간에 그도 나처럼 자세가 안 나와 선생님에게 지적을 많이 받았다. 나는 수업을 받으며 지적을 받는 그에게 동지애를 느꼈다.

하루는 수련장에서 스트레칭하고 있는데, Y가 도복을 갈아입고 나타났다. 얼마 전부터 Y는 내 옆자리에 앉았다. "끝나고 맥주 한잔하실래요?" 나는 일행이 있어서 며칠 전에 미리 약속해야 한다고 대답하면서, 이틀 뒤에 함께 마시자고 했다. 그날부터 나와 Y는 자세가 안 나오면 서로 다리를 당겨주기도 하고 상체를 눌러주며 스트레칭을 돕는 사이가 되었다.

이틀 뒤, 수업이 끝난 뒤 히사코와 나, Y 셋이 맥줏집에 갔다. Y는 맥주를 마시는 내내 재미난 이야기로 우리를 웃겼다. Y는 고등학교 선배 중에 모태 솔로 바둑기사가 있는데, 그를 히사코에게 소개해 주고 싶다고 했다. 난데없는 제안에 히사코는 겁을 냈다. 하지만, 나와 Y가 여러 번 술잔을 부딪치며 설득해 소개팅 약속을 잡을 수 있었다.

히사코와 소개팅을 한 동갑내기 바둑기사의 이름은 H였다. H는 프로바둑기사라는 직업에 대한 자부심이 높았다. H는 바둑에 대한 지식이 없는 히사코에게 바둑에 얽힌 재미있는 이야기를 들려주었다. 예를 들면, 톨스토이가 조선 사람을 만나 바둑을 두었다는 얘기였다. 톨스토이가 '서양의 장기인 체스가 과학이라면, 동양의 바둑은 철학'이라고 했다는 것이다. 걱정했던 것과 달리 히사코와 H는 급속히 친해졌다. 나는 아직 Y와 손조차 잡지 못했지만, 히사코는 만난 지 얼마 되지 않아 H와 키스했다고 나에게 말했다. 의뭉스러운 미소로 히죽히죽 웃는 히사코가 그 이상의 선을 넘었을지도 모를 일이었다.

나는 삼 개월 단전호흡 초급과정이 끝나면서 문화센터를 그만두었다. 다른 번역 의뢰가 들어와 동시에 두 권을 번역하려면 밤샘 작업을 해야 할 지경이었기 때문에. 그런데 히사코는 벨리댄스 초급과정을 마치고 중급과정에 들어갔다. 혼자라도 다니면서 계속 댄스를 배우고 싶어 했다.

히사코가 그리는 웹툰은 로맨스 판타지물이었는데, 웹사이트에서 인기를 끌었다. 한번은 내가 히사코에게 연애 경험이 없는데 로맨스를 주제로 웹툰을 그릴 수 있느냐고 물어본 적이 있었다. 히사코는 짝사랑을 많이 해봐서, 그릴만하다고 했다.

나와 Y, 그리고 히사코와 H, 넷은 단톡방을 만들어 소통했다. 히사코는 한글 맞춤법이 틀리는 경우가 많았지만, 톡에 대한 답장을 제일 먼저 보낼 정도로 열성적이었다. Y와 H는 이과 출신답게 답장을 단문으로 보냈다.

나와 Y는 가벼운 관계를 넘어 진지하게 만나는 사이가 되었다. 데이트하고 술을 마시는 날도 늘어났다. 대부분은 우리 집 근처에서 만나는 경우가 많았지만, 주말에는 그의 동네까지 놀러 갔다. 그러던 어느 날 엉겹결에 술에 취해 Y의 집에 들어갔고, 집안에 들어서자마자 허겁지겁 서로에게 키스를 퍼부었다. 그렇게 하룻밤을 보냈다. 그때부터 나와 Y는 서로의 집 그리고 데이트장소 인근의 모텔을 전전했다. 나는 굶주렸던 욕구를 해소하듯 그에게 매달렸다.

히사코도 H와 잠자리를 가졌을 터였다. 어느 날 아침, 나는 부스스한 몰골로 히사코 집을 나와서 자기 집으로 돌아가는 H와 엘리베이터에서 마주쳤었다. 히사코는 H를 만난 뒤부터 사람들과 관계하는 일에 자신이 생긴다고 자랑했다. 매일, 나와 히사코는 그라티아 커피숍에 가서 현숙까지 셋이 수다를 떨었다. 현숙은 우리의 연애를 응원해 주면서 자기는 늙어서 관심을 두는 사람이 없다고 푸념했다.

  종강을 앞두고 히사코의 벨리댄스 발표회가 열렸다. 분홍색 드레스를 차려입은 히사코는 연예인 못지않게 예뻤다. 히사코는 얼굴 크기와 체구가 작지만, 날씬한 몸매를 가지고 있었다. 그래서 나는 늘 히사코의 외모를 부러워했다. 멋진 드레스를 차려입은 히사코는 트레이닝복을 입고 산책 다니던 소박한 모습과 다른 사람으로 보였다. 히사코는 두 번 무대에 올라 춤을 추었다. 율동과 몸짓이 멋졌다. 공연을 마치고 나와 H에게 꽃다발을 받은 히사코는 환하게 웃었다. 발표회가 끝나고 우리 셋은 맥줏집에 갔다. 꽉 끼는 드레스를 입느라 점심부터 굶은 히사코를 위해 치킨 안주를 시켜주었다.

  히사코는 점점 한국 생활에 흥미를 느꼈다. 지유를 종일반으로 바꾸고, 자신을 위해 더 많은 시간을 투자했다. 웹툰을 그리는 일에도 열성을 보였지만, H와 데이트하는데 많은 시간을 썼다. H가 바둑에서 프로 오 단으로 승단했을 때, 히사코의 얼굴은 기쁨으로 가득 찼다. 일본에서 이지메를 겪었던 히사코가, 사람들과의 관계에 어려움을 겪어 도망치듯 한국으로 건너온 히사코가, 남자에게 다가가기를 어려워했던 히사코가, 사랑도 하고 자기 일을 잘 꾸려나가는 걸 나는 진심으로 응원해 주었다. 원래 히사코는 비혼주의자가 아니었다. 든든한 직업이 있어서인지 결혼의 필요성을 느끼지 못하는 것이었다. 게다가 지유가 있어서 결혼할 엄두를 내고 못했던 것이다. 히사코는 H라면 결혼해서 평생을 같이해도 좋겠다고 나에게 말했다. 히사코는 이미 호모 사피엔스 사피엔스가 되어 있었다.

히사코와 나는 아침마다 산책을 했다. 문래창작촌 골목을 지나 옛날 약수터가 있었다고 알려진 야트막한 언덕까지. 영등포구는 평야지대이지만, 낮은 야산이 몇 개 있었다. 야산 아래 옛 철공소 골목은 도시재생사업의 일환으로 리모델링하여 아기자기하고 추억을 일깨우는 골목길이 되었다. 이곳에 복합문화공간 문래창작촌이 만들어졌다. 나는 강아지를 데리고, 히사코는 지유가 잠든 사이에 산책했다. 히사코는 옛 약수터 자리에서 비둘기들에게 튀밥 과자를 나누어 주었다. 이기적인 성격에 늘 남을 질투하는 나와 달리 순수한 영혼과 심성을 지닌 히사코가 부러웠다. 이런 히사코를 왕따시킨 일본 친구들은 분명히 나처럼 질투심이 많은 사람일 거라는 생각이 들기도 했다. 히사코는 비둘기에게 과자를 주고 벤치에 앉아 달콤한 자판기 믹스커피를 마셨다. 모카의 등을 쓰다듬으며.

이런 일상을 살아가는 동안 다른 번역 의뢰가 들어왔다. 다섯 권 시리즈물이었고, 번역료가 좋은 조건이었다. 그런데 다섯 권이라는 분량이 어깨를 짓눌렀다. 단행본을 번역하는 것도 버겁고 지겨운데. 다섯 권이라니. 보수 조건은 좋았지만, 거절하기로 했다. 요즘, 나는 벅찬 일정을 소화하고 있었다. 불과 몇 달 전만 해도 시간이 넉넉했는데 연애하랴, 히사코와 현숙을 만나 수다를 떨랴 일정이 빠듯했다.

  번역하느라 책과 노트북을 보았더니 눈이 빠질 듯 아렸다. 침대로 가 큰대자로 누워 모카의 등을 쓰다듬었다. 요즘에는 모카마저도 소홀하게 대했다. 흥미로운 히사코를 만나고, 소일거리를 찾아 외출하고, 연애를 하다 보니 호모루덴스형 인간으로 살 때보다 모카를 외롭게 만든 게 사실이었다. 코로나 동안 내 곁에서 행복한 에너지를 주었던 유일한 존재가 모카였다는 생각에 미안한 마음이 들었다. 모카를 부둥켜안고 낮잠에 빠져들었다.

  웃으며 지내는 사이 눈이 녹고 봄이 되었다. 나는 일주일에 한두 번 Y를 만났고, 히사코와 H도 깊이 사귀었다. 야구 모자를 눌러쓰고 트레이닝복을 입고 다니던 히사코는 화장이 짙어졌고 미용실에 다니는 횟수가 늘었다. 몇 벌의 옷으로 버티던 히사코가 계절이 바뀔 때마다 외출복을 사러 다녔다. 나에게 옷을 골라 달라고 해서 같이 아웃렛 매장에 가기도 했다.

  나는 번역 일을 그만두었다. 호모루덴스에서 벗어나 사람들과 어울리면서 살고 싶었다. 출판사 편집장에게 전화를 걸어 당분간 번역 일을 쉬겠다고 말했다. 그러고는 앞으로 무엇을 할 것인지 곰곰이 생각했다. 어릴 때부터의 꿈은 소설가였다. 인터넷을 검색하여 소설을 가르치는 강좌를 골라 등록했다.

나는 Y와 동거하기로 했다. Y가 짐을 정리해 우리 집으로 들어와 월세와 관리비를 내고, 식비와 생활비는 내가 부담하기로 했다. 나와 Y는 서로의 프라이버시를 해치지 않도록 공동 거주 규칙을 만들었다.

히사코는 대형 웹툰 사이트 N사와 전속 작가 계약을 맺었다. 연재 중인 작품의 클릭 수가 늘었고, 로맨스 판타지 장르의 인기가 꾸준했기에 안정된 고용계약을 맺을 수 있었다. 전속 작가가 되어 생활에 안정을 더한 히사코는 H와 결혼을 전제로 교제했다. 히사코는 H의 과묵한 모습에 반했다. 히사코와 지유를 진심으로 걱정해 주고 이해해 주는 그에게서 가족 같은 따뜻한 감정을 느꼈다.

하지만, 히사코는 H의 부모님에게 인사를 드리고 결혼 승낙을 받아야 한다는 것 때문에 고민이 깊었다. H는 히사코의 부모님에게 먼저 인사를 다녀오자고 말했다. 한국의 풍습은 신랑이 신부가 될 사람의 집으로 먼저 찾아간다고 했다. 일본의 혼인 문화는 당사자의 의견을 존중해주고, 상견례도 생략되는 경우가 많았다. 그런데도 히사코와 H는 일본으로 건너가 히사코의 아버지와 생모에게 인사를 했다. 히사코의 부모는 사위가 한국인이라는 것에도 데시근하게 반응했다. 히사코의 말에 의하면, 일본은 외국인 사위나 며느리가 들어오는 것에 관대한 편이라고 했다. 그러나 우리나라는 달랐다. 외국인 사위나 며느리를 보는 데 배타적이었다. 게다가 일본은 우리나라를 식민 지배했던 나라였다. 한국인 대부분이 일본을 적대시했다. 히사코는 이런저런 이유로 H의 부모에게 인사를 가는 일에 큰 부담을 느꼈다. 하지만, 결혼을 하려면 피할 수 없는 일이었다.

 히사코는 시부모가 될 사람들에게 인사하러 갔다. A시에 있는 ○○ 황씨 종갓집이 H의 본가였다. 그나마 다행인 것은 H가 둘째 아들이라는 거였다. 종손인 H의 형은 결혼하여 딸 둘에 아들 한 명을 낳았다. H의 형수는 딸만 내리 둘을 낳고 우울증에 시달리다가, 뒤늦게 아들을 낳은 후 감쪽같이 우울증이 나았다고 했다. H는 불안해 하는 히사코에게 걱정하지 말라고 말했다. 며느릿감으로 외국인을 데려가면 부모님은 물론 할머니까지 기함을 하겠지만, 이미 형이 아들을 낳아 대를 이었으니 시간을 가지고 설득하면 결혼 허락을 받을 수 있다는 거였다.

 H의 부모님은 히사코가 듣는 데서 대놓고 말은 안 했지만, 건넌방으로 H를 불러 오랜 시간 얘기했다. 특히 할머니는 인사를 받자마자 밖으로 마실을 나가더니, 히사코가 돌아갈 때까지 집으로 오지 않았다.

 H는 서울로 돌아오는 기차 안에서 히사코 어깨를 감싸 안으

며 말했다. "나만 믿으면 돼. 자식 이기는 부모 없댔어. 시간은 우리 편이야." 하고 히사코를 달랬다. 그러면서 바둑에 빗대어 말했다. "바둑에서는 형세를 판단하고 상대의 수를 읽는 것이 무엇보다 중요해. 오늘은 부모님의 첫수를 읽은 날일 뿐이야. 초반 기술인 포석을 놓은 거라고 생각해." 히사코는 바둑 용어에 담긴 의미를 알 수는 없었지만, 한 수 한 수 바둑돌을 놓듯 시간을 갖고 승부를 보자는 뜻으로 이해했다. 히사코는 H의 가슴에 고개를 묻고 흐느꼈고, H는 히사코의 어깨를 토닥여주었다. "울지 마! 나는 누가 울면 따라 우는 못된 버릇이 있어."

집으로 돌아온 뒤에도 히사코는 걱정이 많았다. H는 좀처럼 부모에게서 결혼 승낙을 받지 못했다. H를 통해 들은 바로는 부모가 너무 보수적이라는 데 문제가 있었다. '표준에 부합하지 않는 사람'이라는 말을 하며 히사코를 한사코 마음에 들어 하지 않는다는 거였다. 외국인이라 안 된다는 보수적인 생각이 큰 걸림돌이었다. 히사코에게 입양한 아이가 있다는 사실이 알려지면, 표준에 맞지 않는 이유가 하나 더 늘지도 모를 일이었다.

H는 수시로 톡을 보내 히사코의 불안을 해소해 주었다. 초등학생 때 배운 바둑을 끝까지 포기하지 않고 프로기사로 이름을 날리고 있는 H는 집념이 강한 남자였다. 결국, 부모님이 받아들일 거라고, 혹여 승낙받지 못하더라도 미성년자가 아닌데 무엇이 걱정이냐고, 혼인신고를 하고 손자를 낳으면 노여움이 눈 녹듯

없어질 거라고 히사코를 위로했다.

히사코가 시원한 캔맥주를 들고 내 집으로 찾아왔다. 맥주는 시원해야 제맛이다. 나는 히사코와 맥주를 부딪치며 말했다. "오야고코로와 도코노 쿠니모 오나지다(부모 마음은 어느 나라나 똑같아).", "히사코노 혼신오 와캇테쿠레루다로오(히사코의 진심을 알아주실 거야)." 히사코는 서툰 한국말로 대답했다. "이참에 동거하면서 아이를 낳아볼까 해. 손자를 보면 결혼을 승낙하지 않을까?" 그러면서 히사코는 덧붙였다. "시부모가 될 분들에게 지유를 입양해서 키우고 있다는 이야기를 차마 꺼내지도 못했어. 결혼이 아무리 중요해도 지유를 지키는 것이 우선이야. 지유는 엄연히 내 딸이야." 더 이상 히사코는 집안에 틀어박혀 세상에 나서기를 두려워하던 사람이 아니었다. 사랑하는 사람이 생기자, 용기를 냈고 꿈을 찾아가는 사람이 되었다. 어쩌면 히사코는 나보다 더 강한 사람일지도 몰랐다.

옛 약수터 자리로 가는 길옆에 개나리꽃이 만개했다. 문래창작촌 골목길에 풀싹이 기어 나오고 있다. 설탕처럼 길을 덮었던 눈이 녹아 땅이 질척였다. 거리에 사람들은 화사한 봄옷으로 바꿔 입었다. 나와 히사코도 아침마다 밝은색의 옷을 입고 경쾌한 걸음으로 산책을 나선다. 봄이 오면서, 나와 히사코의 아침 산책에 현숙도 끼었다. 현숙의 집은 옛 약수터에서 우리 집보다 마을

버스로 두 정거장 멀리 떨어져 있었다. 그래서 현숙은 나와 히사코보다 먼 거리를 걸어야 했다. 현숙은 나이 많은 언니가 희생한다며 너스레를 떨었다.

  그사이 현숙도 성장했다. 가게를 분양받은 것이었다. 현숙은 남의 건물에 들어가 임대료가 오르는 걱정을 하느니 대출을 끼더라도 자신의 상가를 가지고 싶어 했다. 현숙은 인테리어 공사를 마치는 대로 이사할 생각에 마음이 부풀어 있었다. 나는 아끼는 커피나무 화분을 현숙의 개업식 선물로 주기로 약속했다.

  집으로 돌아온 나는 주방에 걸린 액자를 떼어내고 돌고래가 헤엄치는 그림 액자를 걸었다. 추위를 피해 집안에 들여놓았던 화분을 다시 베란다로 옮기고, 밥그릇과 국그릇을 남색 톤으로 바꾸었다. 이런 행위로만 본다면 집에서 혼자만의 놀이를 즐기는 호모루덴스 같지만, 나는 더 이상 호모루덴스가 아니었다. 히사코 또한 마찬가지였다.

  오전 여섯 시, 나는 야구 모자를 쓰고 모카 목줄을 맨다. 히사코의 집으로 내려가 디지털 도어락 번호를 누르면 찰칵하고 문이 열린다. 나와 히사코는 만난 지 얼마 되지 않았지만, 도어락 비밀번호를 알려주고 상대방의 집을 내 집처럼 드나드는 사이다. 그녀가 노란색 바람막이를 입고 방에서 나온다.

  "굿모닝! 소구자 씨!" 나와 히사코는 함께 히죽거리며 옛 약수터를 향해 집을 나선다. 창작촌을 지나 야산 등허리에서 불어오는 봄바람이 얼굴에 정면으로 부딪친다. 봄이 지나고 계절이 바뀌어도 나와 히사코는 매일 이 길을 한 걸음씩 내디딜 것이다.

*

　오늘, 히사코가 결혼한다. 신랑의 고향 종택에서 전통혼례로 치른다. 히사코는 일본인이라는 이유로, 게다가 이미 아이를 입양해 키운다는 이유로 시댁에서 결혼 승낙을 받기까지 마음고생을 했다. H가 앞장서 부모님을 설득한 끝에 겨우 혼인 승낙을 받았다. 나는 히사코가 행복하게 살기를 진심으로 바란다. 나는 그런 마음을 담아 어색해하며 족두리를 쓰고 예복을 차려입은 히사코 등을 두드려주었다. 일본에서 히사코의 가족, 친지 등 하객이 한 명도 오지 않았기에 나의 지지가 무엇보다 소중할 것이었다.
　결혼식을 마치고 시댁에서 하룻밤을 보낸 뒤 내일, 일본으로 신혼여행을 떠난다. 부모님이 이혼하기 전, 온 가족이 놀러 갔던 료칸으로 가는 신혼여행은 히사코에게 어린 시절 기억을 찾아가는 뜻깊은 여행이 될 거였다. 그 료칸은 전동열차는 들어가지만, 아직도 전기가 없는 숲속에 있다고 했다. 나는 히사코 부부가 호롱불 아래에서 평생 기억에 남을 추억을 만들었으면 좋겠다고 생각했다.

  나는 소설가, 히사코는 유명한 웹툰 작가를 꿈꾼다. 우리는 이제야 본격적으로 장작에 불을 붙인 셈이다. 요 몇 달, 히사코와 함께하며 누렸던 시간은 내 인생에서 손꼽을 만한 충만한 경험이었다. 앞으로 어떻게 살아갈지 구상하고 설계하는 경이로운 체험을 했다. 나는 미래를 위해, 월동 준비를 위해 쌓아놓았던 땔감이 창고에 넉넉하다. 나의 땔감은 상상력, 아마 창작자 웹툰 작가인 히사코도 마찬가지일 것이다.
  아프리카 흑단나무와 유창목은 물보다 무거워서 뜨지 않고 가라앉는다. 이 나무들은 잠영하면서 물 위로 떠오르는 날을 기다린다고 한다. 그래야 나무로서 쓰임새를 다한다는 것. 잠영하던 나무가 물 밖으로 나와 건조되어 고급 가구나 악기 재료가 되는 것처럼 나와 히사코의 상상력도 서서히 떠올라 좋은 땔감이 될 날을 꿈꾼다.

〈발표지면〉

공정의 척도 《월간문학》 2024. 3, 통권661호
사라지지 않는 것들 《한국소설》 2024. 2, 통권295호
『2025 신예작가』 한국소설가협회출판부
믹스 매치 《한국소설》 2025. 10, 통권314호
별무늬 캐리어 《월간문학》 2025. 10, 통권681호
인플루언서 판타지 《서정문학》 2024. 1~2, 통권95호

〈발문〉

현실과 몽상, 숨어 있는 길찾기

이영철
(소설가 · 한국소설가협회 부이사장 역임)

⟨발문⟩

현실과 몽상, 숨어 있는 길찾기

이영철
(소설가 · 한국소설가협회 부이사장 역임)

1. 불확실성 끝에서 만난 소설

이용기 소설가는 '작가의 말'에서 표명했다.
'난생처음 소설집을 펴낸다는 것에 주저함이 앞섰다.' 그 말은 앞서간 선배 작가들에겐 의미심장하게 들린다. 모두가 그와 똑같은 경험을 했기에. 그는 2023년 6월부터 소설을 쓰기 시작했다. 그리고 드디어 『사라지지 않는 것들』이라는 첫 소설집을 엮었다. 나이 60에 뜬금없는 소설이라니, 늦어도 한참 늦은 것이다.
  그는 경영학을 전공하고, 금융회사 임원으로 은퇴한 뒤, 2022~2023년 걸쳐 전공과 그동안의 경험치를 살려 자기계발서를 여러 권을 펴냈다. 그 책으로 어느 정도 소정의 목표를 이루기는 했지만, 그러함에도 불구하고 무언가 채워지지 않는, 만족스럽지 못함을 느낀다. 그때부터 가슴 저 밑바닥에 숨어 있던, 솟구치는 문학(소설)에 대한 열망이 싹텄는지도 모른다.

2024년 2월 《월간문학》 신인작품상, 《한국소설》 신인상, 《서정문학》 소설신인상을 수상하며 작품활동을 시작한다. 그 결과 2024년 말 한국소설가협회에서 『2025 신예작가』에 선정돼 「사라지지 않는 것들」을 발표했다.

그렇게 치열한 습작기를 거치면서 2025년 초 지자체 문화재단에서 지원하는 창작기금을 신청했는데 선정된다. 하지만 그는 막상 수혜자가 되고 나니 걱정부터 앞섰다. 책으로 발간하기에는 습작해 놓은 작품 수가 적었다. 초보 소설가였기 때문이다. 그런 문학에 대한 갈증 끝에 2025년 3월 고려대학교 대학원 문학예술학과에 들어간다. 그리하여 현재는 학업과 소설 집필에만 전념하고 있다.

그의 앞날에, 소설 쓰기에 대기만성(大器晩成)을 기대해 본다.

2. 작품 속에 나타난 또 다른 이미지들

농부와 작가는 일치점이 있다.

농부는 씨앗을 뿌려 일정 기간 돌봐 먹거리를 생산하고, 작가는 의식의 풍요를 위해 정신의 고귀한 감성을 캐치한다는 점이다. 농부의 땀은 소득을 위한, 풍요로움을 위한 전력투구이고, 작가는 한편의 작품을 위한 정서의 윤택함, 지혜와 꿈, 사랑을 뒤섞어 무한한 가치를 이루는 데 있다. 씨를 뿌리고 수확의 즐거움, 어떻게 의식을 확장하고 정신적 만족을 얻는가의 이미지를 구축하는 것이다.

작품들을 살펴보자.
「반(反)인성의 싹들」은 서사 구조 자체가 파편화된 감각을 주고 있다. 특히 문체는 간결하면서도 냉정한 시선으로 서술되는데, 독자로 하여금 일련의 사건들을 낯설게 응시하도록 만든다. 결국 이 작품은 도덕적 교훈이나 감정적 해소에 앞서 독자들에게 불편한 울림을 남기며, 문학이 사회의 심층을 반추하는 또 다른 비판적 거울임을 보여주고 있다.

고등학교 시절 반인성을 가진 사람(저세호)을 몹시 두려워하던 주인공의 시점으로 시작된다. 주인공인 나는 열일곱 살 생일을 맞은 날, 유선에게서 캐스터네츠를 선물 받는다. 하지만 야구부인 저세호도 유선을 좋아한다. 저세호는 그의 자취방으로 찾아와 폭행하는 등 괴롭힌다. 이후 40년이라는 세월이 흘러 성인이 되어 만났음에도 저세호를 보면 과거를 반추하며 동어반복적인 두려움을 느낀다. 하지만 저세호에게 용기를 내 1:1 채팅을 신청함으로써 불안함을 이기기 위해 늘 부적처럼 바지 주머니에 넣고 다니던 캐스터네츠를 서랍 깊숙이 넣어 버린다.

이제는 어엿한 어른인데도 어렸을 때의 기억을 떠올리며 폭력을 두려워하고 있다니, 더 이상 그럴 필요가 없는데도 여전히 저세호를 두려워하고 있다는 사실이 한없이 부끄러웠다. 지난 세월의 나를 오롯이 비웃고 싶었다.

두 대의 담배를 연거푸 피운 다음에야 어렴풋이나마 산다는 것의 의미를 깨달을 수 있었다. 새롭게 산다는 의미도.

저세호에게 메시지를 보내자, 나는 비로소 양송이스프가 끓을 때 생기는 기포가 터지듯 가슴속에 남아 있던 두려움이 보글거리며 끓어올라 터지는 것 같았다. 그러자 온도계의 빨간 눈금이 내려가듯 마음이 냉정해지고, 몸이 서늘해지면서 두려움이 줄어들었다. 사십 년 넘게 마음 한편을 죄어오던 올무를 벗어낸 기분이었다. 이제야 비로소 진짜 어른이 된 느낌이 들었다. 나는 캐스터네츠와 팔찌를 내일 입고 나갈 외출복이 아닌 서랍 속에 깊이 집어넣었다.

「공정의 척도」는 사회 양극화와 불공정이 깊어지는 이 시대. '묻지마 범죄'를 통해 피해자의 시선으로 다각적으로 해부한 작품이다. 단순한 사건 기록을 넘어서 인간의 존재와 사회 구조의 균열을 드러낸다. 특히 독자는 "누가 책임을 져야 하는가?"라는 질문 앞에 서게 된다. 문체는 건조하고 냉정하지만, 그 거리감이야말로 독자가 안도할 틈을 주지 않고 불편한 성찰을 강요한다. 이는 동시대를 살고 있는 한국 사회의 '공정' 신화에 대한 뼈아픔을 대변하고 있다. 또한 머잖아 우리나라도 범죄의 온상이 될 거라는, 오고야 말 거라는 경고를 담고 있다.

"누가 누구를 평가한다고? 무슨 기준으로? 말도 안 되는 얘기하고 자빠졌네."
"세상이 공정해지고 범죄가 줄어들지 않을까?" H가 말했다.
"이건 내면의 문제야. 속이려고 덤비는 사람을 어떤 기준으로 막는다는 거야? 열 길 물속은 알아도 한 길 사람 속은 모른다는 속담도 있잖아. 법안을 만드는 국회의원들은 정직하다고 장담할 수 있어? 잘못 건드렸다가는 시민 폭동이 일어날지도 몰라. 게다가 점수 매기듯 정의심을 분류한다면 우리나라는 망할지도 몰라. 이건 수학 문제 풀이가 아니거든. 그런 인간들은 정치판을 떠나야 해."

「사라지지 않는 것들」과 「별무늬 캐리어」는 알코올중독자가 겪는 나락한 삶을 단순한 병력 기록으로 남기지 않고, 인간 존재의 어두운 흔적을 탐문하는 일종의 자기 고발문학이다. 수니 씨의 감금을 통해 서술자는 술과 폭력으로부터 도망치려 하지만, 역설적이게도 모든 것이 끝내 지워지지 않고 '사라지지 않는 것들'로 남음을 고백한다. 결국 이 작품은 한 개인의 알코올 서사이자 동시에 인간적 결핍의 기록이다.

「별무늬 캐리어」는 꿈과 현실, 과거와 현재가 혼재하면서 내면의 심리를 탐구한 작품이다. 작은아버지의 장례 과정 그리고 캐리어 속 별무늬와 '어린 왕자 노트'와 같은 상징적 사물들은 인간 조건의 한 단면을 보여준다. 문체는 세밀한 심리묘사와 감각적 디테일로 독자를 몰입하게 한다. 이 작품은 단순한 회고가 아니라 삶의 부조리와 인간의 순수성, 상상력과 희망의 지속성을 탐색하는 문학적 성취로 평가할 수 있다.

지독한 현실과 그에 따라 나타나는 기피적 현상, 중독의 어려움을 이겨내고자 하는 과정을 그렸다. 작품들은 정신병원에서의 내용이 상당히 구체적이다. 결코 경험하지 않고는 그려내지 못할 만큼 알코올중독자들의 일상을 눈으로 보듯 실감 나게 담았다.

「사라지지 않는 것들」
　정신병원에 있으면서 다른 환자들이 환청이나 환시, 환촉 망상을 경험하는 걸 보았었다. 나는 망상 환자를 보면서 남의 일이라고 생각했었다. 그러다가 직접 경험하기는 처음이었다. 처음에는 귀에서 모깃소리처럼 작은 소리가 들렸다. 그러더니 사이렌 소리가 되었다. 다음에는 메가폰 소리처럼 커졌다. 멈추었다가도 몇 분이 지나면 다시 시작되었다. 어떨 때는 나방이 날아가는 것 같은 소리였다가 나팔 소리처럼 큰 진동음이 되었다. 그 소리가 끊어졌다 이어지기를 반복했다. 한번 시작되면 몇 분간 끊이지 않았다.

「별무늬 캐리어」
　한 사람이 떠났다. 작은아버지는 어린 왕자처럼 지구 방문을 마치고 원래의 별로 돌아갔을지도 모른다. 상상을 즐기던 괴팍한 사람, 자유인을 꿈꾸었던 사람이었다. 술에 빠져 인생에 금이 갔을지라도, 가족을 챙기지 못했을지라도, 지구에서 칠십 년 넘게 살다간 사람. 자유인 그의 명복을 진심으로 빌었다. 새벽에 꾸었던 꺼림칙한 꿈 얘기를 아무에게도 못 했지만, 동백나무 아래 무릎 꿇고 작은아버지에게 속삭였다. 죽을 때까지 술을 마시지 않겠다고.

생텍쥐페리의 『어린 왕자』에서 알코올중독자와 대화를 나누는 대목이 있다. 그것은 어쩌면 작품 『어린 왕자』의 전반을 꿰뚫는 반어적인 기법의 하이라이트일 것이다. 이를 통해 궤변과 아이러니의 극치를 맛볼 수 있다.

어린 왕자가 알코올중독자에게 묻는다.
"왜 술을 마시나요?"
"잊어버리기 위해서."
"무엇을 잊으려는 건가요?"
"부끄러움을 잊으려고."
"무엇이 부끄러운데요?"
"술을 마신다는 사실이."

「믹스 매치」는 '말티푸' 강아지 마롱의 시선으로 서술되면서도, 실상은 인간 가족의 초상화를 의인화(擬人化)한 작품이다. 이 작품은 주인공인 강아지의 푸념과 하소연이 주를 이루고 있다. 특히 주인의 술주정, 외도, 부부 싸움의 장면을 개의 눈높이에서 서술되기에 오히려 더 선명하게 인간의 모순과 위선이 드러난다.

염소인형과 연어 육포 간식을 좋아하는 '마롱'과 11살 많은 핑크색 꽃모양 방석을 좋아하는 흰색 개 '몸이'를 통해서 갈등과 화해의 모습이 그려진다. 매사에 눈치 빠른 나(마롱)와 굼뜬 '몸이'가 대비되기도 한다. 주인아줌마와 아저씨와의 동거를 통해 인간의 눈치를 보는 애완견의 모습을 희극적으로 묘사하고 있다.

결과적으로 이 작품은 반려동물의 서사와 따뜻함에 머무르지 않고, 인간 삶의 불안정한 관계와 그 속에서 사라지지 않는 본질을 탐문하는 문학적 시도로 읽힌다.

우리는 사람이 아니라 인권을 주장할 수 없어요. 하지만 우리에게도 동물권이 있어요. 동물권을 유린당한 것은 몸이도, 다른 반려견도 마찬가지예요. 몸이는 버려졌다가 유기견 보호소에서 새 주인을 맞지 못했다면 이미 무지개다리를 건넜을 거예요. 안락사라는 명분으로.

「인플루언서 판타지」는 시간과 기억의 층위를 섬세하게 포착하는 가운데, 사소한 일상의 순간들이 내면의 심연과 연결되는 방식을 보여준다. 반복되는 이미지와 소리, 느린 리듬은 단순한 서술을 넘어 존재와 불안과 갈망을 드러내며, 독자로 하여금 언어 너머의 정서를 체험, 탐색토록 유도한다.

작품은 정서적 울림과 사유적 깊이를 동시에 지닌 문학적 장치로 기능하며, 단순한 서사적 경험을 넘어 내면의 풍경을 탐험하는 여정을 제공한다.

2년 만에 130만 팔로워를 가진 오동목이란 유명 유튜버가 있다. 어느 날 갑작스런 그의 죽음을 통해서 유튜버의 민낯이 속속들이 드러난 소설이다. 오동목은 경제TV를 통해 구독자 수를 늘려나갔고, 부인 서린은 북튜버였지만 인플루언서라고 하기엔 구독자 수가 적었다. 오해를 거듭하던 부인 서린에게 어느 날 오동목이 왜 자살을 했는지가 드러나는데…

서린은 요즘 오동목이 남긴 돈이 빠르게 사라질지 모른다는 걱정에 사로잡혀 있었다. 명예보다 돈을 지키고 싶어서 오동목이 자살을 선택했을 거라는 생각도 들었다. 누구보다도 오동목의 마음을 잘 아는 사람은 서린 자신이었다. 오동목은 가난한 집안 출신으로 어렵게 모은 돈을 지켜내려는 집착이 강한 사람이었다. 다시 담배를 깊게 들여 마셨다가 연기를 내뿜었다. 오동목에 대한 모든 의심과 그리움이 담배 연기와 함께 사라져 버렸으면 좋겠다고 생각했다.

「장어프로젝트」는 2023년 처음으로 쓴 단편소설이다. '남웅'이라는 인물을 통해 한의학이라는 소재를 바탕으로 쓴 작품으로 빠른 전개와 함께 반전으로 재미를 주고 있다.

사장은 남웅의 자부심에 기대를 거는 눈치였다. 사장은 국정원 차장에게 미국이 아니라 누구라도 남웅의 마음을 돌릴 수 없을 거라고 말했다. 그는 선비처럼 잘 꺾이지 않는 마음의 소유자라서 마음을 돌리기 쉽지 않은 사람이라는 것이었다.
　나는 위급한 상황인데도 이기적인 생각이 떠올랐다. 우선은 제주에 매입한 병원이 걱정되었다. 남웅이 없다면 병원이 필요 없을 거고, 주가는 곤두박질칠 것이고 회사의 미래도 불투명해질 거였다. 침 시술은 아직 임상실험도 끝나지 않은 상태였다. 식약처 허가도, 특허도 받지 못했다. '박우리' 등 정력제를 개발하던 예전의 회사로 다시 돌아가는 상황이 머릿속에 그려졌다.

「잠영하는 나무」는 일상적 풍경 속에서 은밀히 자리한 인간 내면과 고독과 불안을 섬세하게 포착한다. 특히 서정적 문체와 반복적 이미지의 사용은 시간과 기억의 흐름을 비틀어 현실과 회상의 경계를 흐리게 한다. 결국 일상의 표면 아래 숨겨진 감정의 깊이를 탐색하며, 읽는 독자로 하여금 자신의 내면을 반추하게 만드는 힘을 지니고 있다.

세 여자가 코로나를 겪으며 일어나는 사건이다. 주인공인 서른아홉 살인 나는 십오 년 동안 출판사에 다녔던 번역가이다. 그러다가 코로나가 오면서 재택근무를 하게 된다. 나중에 코로나가 끝나고 회사에서 다시 출근하라고 했지만, 나는 과감히 회사를 그만 둔다.
나는 '놀이하는 인간'이라는 '호모루덴스'로 계절마다 액자와 그릇 세트를 바꾸고, 식물과 반려동물을 키우며 놀이처럼 일상을 즐긴다. 남편과 부대끼는 것에 자신이 없어 비혼을 선언하고 반려견을 키우며 산다.
그녀가 문래동으로 이사하면서부터 사건은 시작된다. 빌라 아래층에 사는 '히키코모리' 즉 '은둔형 외톨이'를 만나면서부터이다. 연이어 현숙이라는 '호모나랜스' 즉 '이야기하는 인간'을 만나면서 또 다른 국면을 맞는다. 혼자 집에서 지내는 것을 즐기던 세 여자가 다시 자기의 새로운 미래를 찾아가는 과정을 그렸다.

나는 소설가, 히사코는 유명한 웹툰 작가를 꿈꾼다. 우리는 이제야 본격적으로 장작에 불을 붙인 셈이다. 요 몇 달, 히사코와 함께하며 누렸던 시간은 내 인생에서 손꼽을 만한 충만한 경험이었다. 앞으로 어떻게 살아갈지 구상하고 설계하는 경이로운 체험을 했다. 나는 미래를 위해, 월동 준비를 위해 쌓아놓았던 땔감이 창고에 넉넉하다. 나의 땔감은 상상력, 아마 창작자 웹툰 작가인 히사코도 마찬가지일 것이다.

아프리카 흑단나무와 유창목은 물보다 무거워서 뜨지 않고 가라앉는다. 이 나무들은 잠영하면서 물 위로 떠오르는 날을 기다린다고 한다. 그래야 나무로서 쓰임새를 다한다는 것. 잠영하던 나무가 물 밖으로 나와 건조되어 고급 가구나 악기 재료가 되는 것처럼 나와 히사코의 상상력도 서서히 떠올라 좋은 땔감을 될 날을 꿈꾼다.

3. 일상의 체험적 파편과 관조의 성찰

이용기 작가의 작품들은 '하나의 통로'가 있다. 일관성이란 측면에서 장점이다. 다시 말해 기쁨이 극에 달하면 눈물이 나고, 슬픔의 한없는 깊이에서도 눈물이 난다. 이는 심리적 감동이 —작가의 의도이든 아니든— 주는 순수함이다. 기쁨이나 슬픔의 근저(根底)는 한 뿌리인 것이다. 이용기 작가의 작품들을 깊이 있게 들여다보면 기쁨과 슬픔이 공존하고 있다. 희비쌍곡선처럼 소용돌이치고 있다. 본인은 아니라고 부인할지라도 눈 밝은 독자들은 그걸 캐치할 수 있다.

글을 쓴다는 것은 운명이다.
누군가 말했다. "나에게 있어 소설은 천형(天刑)임과 동시에 구원의 또 다른 십자가였다."라고. 이 말이 갖는 무게는 책상머리 앞에서 머리카락을 쥐어뜯는, 가시밭길을 묵묵히 걸어 나가며 소망적 외침을 쏟아내 본 자만이 느낄 수 있다. 무릇 소설가는 소영웅주의에서 비롯된 자기도취나 환상이 아닌 변주(變奏)되는 삶의 질곡 속에서도 고통과 절망스런 상황, 그 자체로 끝나지 않고 문학적인 방편을 빌어 소망적 메시지로 변곡되어야 한다는 것이다. 천형이 갖는 의미를 또 다른 십자가로 환치하는 '관찰자의 시점—작가적 시점'으로 관조(觀照)하라는 것이다.

뜻한 바 있어 험난한 이 길을 선택한 이용기 작가에게 같은 길을 걷는 선배로서 첫 책의 발간에 뜨거운 박수를 보내며, 또 다른 의식 있는 작품들을 기대해 본다.